LA DANSE ÉTERNELLE

Roger Fournier

LA DANSE ÉTERNELLE

roman

TROIS

Cet ouvrage est publié dans la collection TOPAZE
dirigée par Anne-Marie Alonzo.

© Éditions TROIS
2033, avenue Jessop
Laval (Québec)
H7S 1X3

Diffusion pour le Canada: DMR
                             3700 A, boul. Saint-Laurent
                             Montréal (Québec) H4N 1V8
                             Tél.: (514) 499-0072
                             Fax : (514) 499-0851

Cet ouvrage a été publié grâce à une subvention du Conseil des Arts du
Canada.

Données de catalogage avant publication (Canada)

Fournier, Roger, 1929-
   La danse éternelle

   (Collection Topaze)
   ISBN 2-920887-23-8

   I. Titre. II. Collection.
PS8511.0875D36   1991 C643'.54   C91-090164-3
PQ3919.2.F69D36   1991

Dépôt légal: 1er trimestre 1991
                Bibliothèque nationale du Québec
                Bibliothèque nationale du Canada

Conception de la page couverture: Maxima & Productions A.M.A.
Dessin de la couverture: Mikie Hamilton, L'Ancêtre, encre et multi-
   média, Collection privée, Trois-Rivières.
Photo de: Gilles Roux, Les Ateliers photographiques, Trois-Rivières.
Photo de l'auteur: Kèro
Montage: Andréa Joseph

À ma fille Cassandre,
qui a épousseté chaque page de ce roman
avec l'application d'une chatte
qui fait sa toilette.

«Toutes choses sont des agrégats d'atomes qui dansent et qui par leurs mouvements émettent des sons. Lorsque le rythme de la danse varie, le son produit change également. Chaque atome chante perpétuellement sa chanson, et le son, à chaque instant, crée des formes lourdes ou subtiles.»
K.W. Ford, *Le Monde des Particules Élémentaires.*
Cité par Fritjof Cappra dans *Le Tao de la Physique.*

Qu'il se lève celui qui ne se sent pas prisonnier de la danse de Shiva!
Roger Fournier

Le Choc

Soudain, Jean-Pierre éclata en sanglots. Pourtant, il avait tout pour être heureux: quarante-cinq ans, une femme, deux enfants, une maîtresse qui l'adorait, et comme réalisateur de cinéma, il pouvait maintenant se considérer comme un homme «arrivé».

Justement, ce soir-là, c'était la première de son dernier film, *La Mort du Couple*, et la réaction du public avait été extraordinaire. Les journalistes, qui avaient assisté à une projection privée deux jours plus tôt, avaient salué cette œuvre comme l'une des plus importantes depuis une dizaine d'années. On avait même lâché le mot: un chef-d'œuvre! Tous ceux qui l'avaient vu avaient aimé le film de Jean-Pierre, et quand il était monté sur la scène après la projection, le public s'était levé d'un seul mouvement pour l'acclamer pendant plusieurs minutes... Le succès de l'année!

La réception avait lieu dans les salons d'un hôtel luxueux, et les journalistes s'arrachaient Jean-Pierre pour un petit cinq minutes d'entrevue. Comme d'habitude, les questions étaient d'une profondeur dangereuse:

— Alors, Jean-Pierre L'Heureux, comment se sent-on quand on connaît un tel succès?

Jean-Pierre clignait des yeux parce que la lumière soudaine des spots lui faisait mal. Il détestait la lumière crue.

11

«Comment les acteurs peuvent-ils la supporter tout en jouant avec talent?» se demandait-il souvent.

— On se sent bien.

— Le tournage a été difficile?

— Il n'y a pas de tournages faciles.

— Non! Et pourquoi donc?

— Apparemment, faire un film c'est une activité artistique, c'est de la création, même si ça peut paraître prétentieux d'employer ce mot-là... Mais c'est quand même de la création, et la création c'est jamais facile.

— À première vue, le titre de votre film, *La Mort du Couple*, donnerait à penser que vous êtes pessimiste en ce qui concerne les relations hommes-femmes. Est-ce que c'est vrai?

— Je ne suis pas pessimiste, ni en ce qui concerne les relations hommes-femmes ni en ce qui concerne les relations hommes-chiens. Les projections dans le futur ne m'intéressent pas tellement. J'essaie de dire ce que je crois être la vérité pour les générations d'aujourd'hui, surtout la mienne...

Jean-Pierre sentait quelque chose de bizarre monter en lui... Une espèce de nausée. Mais une nausée qui n'avait rien à voir avec la digestion. Il s'excusa et quitta le champ de la caméra. La gentille demoiselle qui l'interrogeait resta bouche bée pendant quelques secondes, puis elle se tourna vers le caméraman et dit:

— Voilà... C'était Jean-Pierre L'Heureux, en pleine euphorie, semble-t-il, car son film vient de connaître une première qui fera des jaloux dans le monde du cinéma québécois, et même à Toronto.

Dans un autre coin du salon, le cliquetis des appareils de photo braqués sur Mélanie ne s'arrêtait pas. Mélanie, une belle femme de trente ans, vedette féminine du film. Éclairage, photomètre, reporter, attention:

— Moteur!

Une autre entrevue commençait pour la star.

— Mélanie, parlez-nous un peu du tournage avec Jean-Pierre. C'est la première fois que vous faites un film avec lui. Comment était-il?

Mélanie n'était pas une idiote, malgré toutes les idées

reçues à propos des «belles blondes» qui ont l'air d'avoir la vie aussi facile que la cuisse. Mais certaines questions la mettaient en rogne et elle devait faire un effort terrible pour ne pas se moquer des journalistes.

— Jean-Pierre? Je ne le connais pas...

— Pourtant, vous venez de faire un film avec lui!

— Oui, j'ai fait un film avec un réalisateur qui s'appelle Jean-Pierre... Le reste ne m'intéresse pas. Il m'a fait travailler, c'est tout ce qui compte. Merci Jean-Pierre...

— Justement, avez-vous aimé la façon dont il vous faisait travailler?

— Moi, j'ai du plaisir à travailler avec n'importe quel réalisateur. Du moment que je travaille... Mon boulot, c'est de faire ce que le réalisateur me demande de faire. Je suis une actrice, un instrument entre les mains du réalisateur et de son équipe. Une actrice, c'est un peu comme une putain, si vous voulez... On la paye et elle doit se mettre à la disposition de quelqu'un. Surtout, encore comme une putain, il faut qu'elle aime ce qu'on lui demande de faire. Autrement, elle travaille mal... C'est aussi bête que ça!

— Merci, Mélanie.

On se frottait les mains. Enfin, une déclaration juteuse! Tout était si morne dans le monde du spectacle! Jamais de vrais scandales! Personne ne se suicidait devant les caméras de la télévision, en direct, comme cela était arrivé aux États-Unis...

Jean-Pierre était au bar et commandait un quatrième scotch. Sa femme Marielle, quarante ans, belle, intelligente et bonne («une vraie yuppie», pensa-t-il), s'approcha de lui, le visage imprégné de satisfaction, de surprise et de fierté: son homme était quelqu'un de bien! Il avait réussi quelque chose! C'était un gars solide... Un artiste, hein! Elle avait envie de l'embrasser, là, devant tout le monde. Mais elle trouva qu'il avait l'air tendu. Pourtant, il aurait dû rire, rayonner, exploser de joie...

— Ça va pas? demanda-t-elle, avec une légère teinte d'inquiétude sur le visage. Elle avait les cheveux noirs, Marielle, et une belle poitrine. Elle avait aussi de belles jambes. Marielle était avocate et elle aimait encore faire l'amour avec son mari, même après dix-sept ans de mariage. Elle se disait que les problèmes de couple dont Jean-Pierre parlait dans son film ne se rapportaient en rien à la «vraie vie» qu'elle avait vécue avec son mari, elle...

Jean-Pierre avala deux gorgées de suite.

— Jean-Pierre, ça va pas?

— Hein?

— Qu'est-ce qui t'arrive?

— Rien.

On vint le chercher pour faire une photo avec le producteur et le sous-ministre des Affaires culturelles. Car tout le monde était là: les plus importants producteurs de films, la plupart des patrons à la tête des stations de radio et de télévision, le maire de Montréal, les comédiens les plus populaires comme les plus talentueux... Il y avait même le ministre des Communications du gouvernement fédéral! Une vraie première...

Jean-Pierre fut incapable de sourire pour la photo. Au lieu de regarder l'objectif, il avait les yeux tournés vers Marielle qui le regardait, inquiète, debout à côté du photographe. Puis son regard fut attiré vers la gauche, juste avant le flash. Il vit Céline qui lui souriait, légèrement en retrait, à quelques pas de sa femme. Céline, la jeune comédienne à qui il avait donné un petit rôle dans son film. Vingt-cinq ans, ventre lisse, mollet ferme, bouche gourmande, œil rieur. Elle lui envoyait des ondes par-dessus l'épaule de Marielle, par-dessus la tête de tout le monde: «Je t'aime! Je t'aime!» L'amour voyage plus vite que la lumière. Pendant que le flash l'aveuglait, il revit leur première étreinte. Un mélange mortel: lumière, violence, douceur, délire de la chair... Il avait pourtant réussi à survivre! Pourquoi? «Parce que je suis... pragmatique... Oui, c'est ça, pragmatique et un peu couillon, probablement...» Le sourire de Céline était doux, encore doux, comme toujours, doux et ouvert. Un sourire de sacrifiée... Et Jean-Pierre se demanda pourquoi, juste à ce moment-là, une phrase de Krishnamurti lui sautait à la mémoire: «L'immensité du silence est l'immensité d'une conscience en laquelle n'existe pas de centre.» Il avait mis des mois à la retenir cette phrase, probablement parce qu'elle était trop dense pour son esprit léger, fureteur, porté à l'éparpillement. Chaque fois qu'il la relisait, elle explosait, rebondissait dans toutes les directions, et il ne parvenait pas à saisir tout ce qu'elle contenait. Maintenant, le savait-il?

Il y eut une photo avec la vedette masculine. Céline tenait le bras de Jean-Pierre et le regardait en souriant. Ce dernier regardait Marielle qui leur souriait. Jean-Pierre se sentait lâche mais il acceptait cette lâcheté, parvenait à vivre avec elle. Après tout, ce n'était qu'un petit poids de plus à soulever chaque matin quand il se levait, purifié par le sommeil.

Après la photo, Jean-Pierre présenta la vedette masculine à son épouse. Il s'appelait Martin et il plaisait beaucoup aux femmes. Pas vraiment beau mais «un charme terrible!». Marielle était flattée par les regards qu'il posait sur elle. Des regards qui étaient comme des «caresses veloutées», se disait-elle dans son vocabulaire un peu gnangnan. Et elle ne pouvait s'empêcher de penser: «Je suis plus vieille que lui et pourtant, si je voulais...» En effet, si elle avait voulu... Mais on savait se tenir. Céline aussi, d'ailleurs, qui avait trouvé un prétexte pour s'éclipser, trouvant inconvenant de se trouver en présence de Jean-Pierre et de sa femme en même temps. Céline ne se sentait pas coupable, mais elle avait peur des faux pas. Elle était généreuse, charitable, et dans sa conscience, tout était en place, bien charpenté: elle n'avait pas volé le mari de Marielle. C'était l'amour qui les avait mis ensemble. Rien à faire.

Jean-Pierre abandonna sa femme à Martin et partit en direction du bar, de plus en plus tendu. «Qu'est-ce que j'ai?» Le bruit de la réception lui pesait de plus en plus. «L'immensité du silence...» Il était le roi de la soirée, et pourtant... Dans sa poitrine, le nœud ne se défaisait pas... D'habitude, l'alcool le détendait.

— Un double scotch, s'il vous plaît.

— Avec plaisir, monsieur L'Heureux...

La jeune femme, barmaid pour l'occasion, s'offrait à lui...

Alors Jean-Pierre pensa: «Si l'avortement est légal, la prostitution devrait l'être aussi...» À première vue, ce raisonnement lui paraissait implacable, mais il n'y avait personne pour en discuter avec lui à ce moment-là... On le prit doucement par le bras et il entendit:

— Vieux, viens donc ici que je te présente...

Dans sa poitrine, le nœud se serrait de plus en plus. À tel point qu'il se demanda s'il n'allait pas faire une crise cardiaque.

— Est-ce que je suis pâle? demanda-t-il à son ami le producteur du film, qui éclata de rire après un moment de surprise.

— Non, Jean-Pierre, t'es rouge comme une tomate! Viens... Monsieur le ministre...

Jean-Pierre regarda le fonctionnaire, grimaça un sourire, serra mollement sa main, but les compliments d'une oreille distraite. Il savait, lui, que son film était bon, seulement bon, pas merveilleux. Mais on avait tellement bien orchestré sa sortie... En réalité, il avait quelques-unes de ces qualités qui accrochent le public. Du charme, comme Martin, qui était un acteur de première classe. «J'espère qu'il s'occupe de Marielle... Elle le trouve beau... Tant mieux pour lui.»

— Oui monsieur le ministre, avec plaisir...

Sitôt sortie de sa bouche, la petite phrase s'était évanouie. Il ne savait même plus à quoi il avait dit oui. Peu importait. Il se proposa de le demander au producteur le lendemain. Ou, plus certainement, ce dernier lui en parlerait à la première heure.

Jean-Pierre s'excusa et partit à la recherche des toilettes. Il lui fallut marcher longtemps, serrer des mains qui se tendaient vers lui, s'excuser poliment parce qu'il ne pouvait s'attarder. Un vrai calvaire! Et c'est là, devant l'urinoir, ramené à l'une de ces trivialités de la vie, qu'il sut de quoi le nœud était fait. C'était un mélange de peur et de tristesse! «Pourquoi? Oui, pourquoi, surtout aujourd'hui?» C'était idiot, vraiment... Pendant quelques instants, le fait d'évacuer le réconcilia avec son corps. C'était bon. Toujours bon, pipicaca; à tout âge! Mais ce bien-être passa comme un colibri, car l'instant d'après il se demanda: «Qu'est-ce que j'ai pris de bon à la vie?» Autrement dit: «Est-ce que j'ai eu ma part?»

Dans la cabine voisine, quelqu'un tira la chasse d'eau. Alors il fut saisi d'un vertige épouvantable: il descendait dans l'égoût à une vitesse folle. Sans s'en rendre compte, il eut un geste d'impuissance grotesque et désespéré: il se cramponna à son sexe tout en pensant: «Je suis bête...» Puis il se dit à voix basse, pour essayer de se convaincre:

— Il n'y a pas de raison pour que je sois triste. Vraiment pas... Et je n'ai jamais eu peur...

Il sortit de la toilette, se retrouva dans le bruit du cocktail et dans son éclairage étudié... Maintenant il y avait de la musique sur laquelle cinq ou six couples dansaient. La frivolité de cette chose, la danse mondaine, donna un tour de vis à la tristesse qui l'étreignait. Il chercha Marielle pour lui proposer de rentrer à la maison immédiatement. On trouverait bien un prétexte. Elle dansait avec Martin, souriante, légère malgré le poids du temps et de ses deux maternités. Elle le vit, lui sourit, lui fit signe de venir vers elle, qu'elle voulait danser avec lui, après... Il refusa d'un geste non équivoque. «Je devrais m'en aller tout seul, tout de suite.» Puis il s'écrasa sur une chaise, près d'un mur, et c'est à ce moment-là qu'il éclata en sanglots, sans retenue aucune. Le fait de pleurer lui fit découvrir la cause de sa tristesse: il venait de sentir, dans sa chair, au plus profond de son être, une espèce de fissure, une lézarde purulente. Quelque chose d'innommable mais de réel: il était condamné. Il devait le savoir, sans doute, mais il n'y avait jamais pensé! Or tout à coup, ce soir-là, c'était en lui, loin au fond de sa conscience mais en même temps dans sa chair. Il prenait conscience du fait qu'il dégénérait! C'était insupportable.

Évidemment, cette malédiction est commune à toute l'humanité. Bien sûr, mais tout le monde la refoule. Jean-Pierre, lui, prenait subitement conscience qu'il roulait vers la mort, et pour des raisons encore obscures, cela le rendait malade.

On l'entourait.

— Jean-Pierre, qu'est-ce qui t'arrive? Jean-Pierre? Jean-Pierre?

Il continuait à sangloter comme un enfant. C'était grotesque. Ceux qui ne l'aimaient pas ricanaient dans les coins. Ceux qui l'aimaient avaient les larmes aux yeux.

— Ça doit être l'émotion...

— Ou la fatigue...

Marielle parvint à se frayer un chemin et se jeta sur lui comme une maman dont le petit vient de trébucher. Pour Jean-Pierre, c'était à la fois bon et insupportable. Il se racla la gorge.

— Oui, c'est l'émotion. Excusez-moi.

Il avala un huitième scotch et dut passer une heure de plus à cette réception qui le tuait. Il s'était donné en spectacle mais la gêne qu'il en éprouvait était bien mince. À partir de ce jour-là, il allait s'occuper des vrais problèmes...

La Mère

Le lendemain matin, Jean-Pierre faisait sa promenade quotidienne dans le parc qui longe la rue Earnscliffe, à Notre-Dame-de-Grâce. On était en septembre et à six heures trente le bas du ciel commençait à pâlir. Le temps était frais, la rosée abondante. Comme d'habitude à cette heure-là, tout était calme, surtout dans ce quartier où on prend le temps de se lever... Jean-Pierre avait l'estomac «malheureux»: trop d'alcool et un dîner à des heures tardives. Il détestait ce genre de désordre...

Ce matin-là, c'était doublement agaçant, à cause de ce qui était arrivé la veille. «J'ai pleuré devant tout le monde...» Il mit peu de temps à se convaincre que le fait de pleurer en public n'était rien. Le plus grave, c'était la raison pour laquelle il avait pleuré. À l'aube, les vraies questions remontent à l'assaut, jour après jour...

Dans le parc, il n'y avait presque plus d'oiseaux. Seule une corneille s'attardait, lançant son cri rauque de temps en temps, appel dépourvu d'harmonie qui sonnait comme une menace: l'hiver! Presque tous les oiseaux étaient partis pour le sud. Vers quoi? La chaleur, le nid... «Maman!»

C'était à Québec et il avait trois ans. Sa mère le prenait encore dans ses bras pour le porter dans son lit, ou pour aller le plonger dans la baignoire. C'était lui qui le demandait:

19

«Maman, dans tes bras...» Il avait besoin de sa chaleur, de sa peau douce, de son cou, du coussin de ses deux seins qui collaient à son ventre nu. Il entourait son cou de ses deux petits bras, et ainsi il avait l'impression d'être embarqué sur un gros bateau qui allait l'emporter au bout du monde. Surtout, il avait la certitude d'être en sécurité. Rien de malheureux ne pourrait jamais lui arriver! Douceur, chaleur, tendresse... Tout à coup, un souvenir d'étudiant lui revint en mémoire. Qui donc avait écrit:

«Maman, maman, maman, ton mauvais gars arrive au bon moment.»? C'était un poème qui commençait par:

«Je suis parti ce matin même...»

Rimbaud, peut-être? Il ne savait plus... Mais ce matin-là il sentait, comme jamais auparavant, le poids chaud du mot «maman». Elle le sortait de la baignoire, l'enveloppait, l'essuyait, l'embrassait et le reprenait dans ses bras... Il était encore dans un nid. Pour la première fois de sa vie, Jean-Pierre repensait à cette enfance qui avait été la sienne. Du bonheur... D'habitude, après une demi-heure de marche il rentrait à la maison. Mais ce matin-là il n'en avait pas envie. Il voulut s'asseoir sur un banc pour regarder le soleil monter dans le ciel, mais le banc se trouvait sur le gazon et la rosée était trop abondante. Il continua à marcher lentement, cherchant à repérer l'endroit par où elle était entrée, la veille au soir, cette pointe minuscule qui le dardait sans arrêt. Mais il ne trouvait pas. En lui, tout se trouvait obnubilé par la peur de la chute.

Tout à coup, sa promenade lui parut sans intérêt et il rentra. Il habitait le premier étage d'un duplex dont il était le propriétaire. Quelque chose de convenable. Assez moderne mais encore chaud, contrairement à ces appartements luxueux qui lui glaçaient le sang avec leurs matériaux froids, impersonnels. Marielle était déjà debout, les cheveux ébouriffés mais le sourire aux lèvres. Elle fouinait dans le journal.

— On parle de toi dans tous les journaux de Montréal! Jean-Pierre, c'est formidable! La critique est bonne partout! Regarde les photos.

Elle lui tendait le journal ouvert à la page des spectacles, mais il n'y jeta qu'un coup d'œil. Il s'assit au bout de la table, morne.

— Jean-Pierre, qu'est-ce que t'as? À ta place, n'importe qui serait fou de joie!

À trois ans, quand il s'asseyait à table, sa mère lui coupait sa viande. Elle le regardait avec douceur et il aimait la nourriture... Sa mère souriait, mais ce n'était pas un sourire comme celui de Marielle. C'était un sourire qui n'avait rien à voir avec la réussite. C'était un sourire qui venait du cœur et qui donnait la vie...

— Qu'est-ce qui t'arrive, Jean-Pierre? Tu boudes le succès?

— Je boude rien... Ça me fait plaisir, tout ça, O.K. Mais c'est pas la fin du monde! Après, c'est quoi?

— Après? Mais tu vas pouvoir faire n'importe quel film!

— Ça, c'est pas sûr... Dans ce monde-là, y a jamais rien de sûr...

Marielle se composa un visage de femme compréhensive, femme-supérieure et bonne maman, puis elle dit:

— Ça m'a bouleversée, hier, que tu sois si ému... Je pensais pas que tu pouvais être si... Comment je dirais? Si naturel, mettons...

Pourtant, Marielle n'avait pas l'habitude de dire des conneries pareilles! Elle était sans doute dérangée par le succès de son mari. Jean-Pierre avait bonne réputation, mais c'était la première fois qu'on lui faisait une vraie fête. Et c'était justement ce soir-là qu'il avait senti la fissure dans la coque de son navire. Minuscule, microscopique, mais elle était là.

Jean-Pierre resta silencieux, fermé. Il ne voulait plus parler de la veille. D'abord, il n'était pas fâché de ce malentendu à propos de l'émotion, cause de ses larmes. Il voulait laisser courir... Ensuite il trouvait quelque chose de ridicule à un succès québécois. Un million de personnes, peut-être, allaient parler de lui. Ça ne voulait pas dire grand-chose. Il y a des artistes qui sont connus par des milliards de personnes. C'est ça, le succès...

Marielle s'approchait de lui, encore chaude de la nuit, généreuse de son corps qui gonflait sa robe de chambre. Elle l'entoura de son bras, le pressa contre sa poitrine.

— Je suis contente pour toi, Jean-Pierre... J'ose pas dire que je suis fière, parce que ce serait ridicule, mais je suis vraiment contente!

Il leva les yeux vers elle, gêné. Marielle était belle et bonne. Une vraie mère-épouse...

Quel âge avait-il quand sa mère avait l'âge de Marielle? Il lui fallut faire des calculs qui lui parurent interminables. «Quand maman avait quarante ans... Voyons... Elle s'est mariée à l'âge de vingt-et-un ans, je suis venu au monde deux ans plus tard, vingt-trois... J'avais dix-sept ans! C'est pas possible! Comment ça se fait que je la trouvais vieille?» Oui, à quarante ans, sa mère était vieille. Pas tellement plus vieille que Marielle, compte tenu du fait que la mode et les soins esthétiques ont un certain effet sur le corps des femmes, mais elle était vieille à ses yeux d'adolescent, lui qui n'avait pas une ride et qui ne voyait que le présent de sa petite personne. C'était l'éternel printemps dans sa tête. Rien d'autre n'existait que ses jeunes muscles, ses articulations toujours huilées, sa chair ferme, son sexe toujours prompt à se dresser. Le temps s'était arrêté à son âge, et il était enfermé dans la bulle de sa jeunesse. Oubliant que les jeunes ont besoin de cette illusion pour ne pas se faire hara-kiri à la première déconvenue, le pauvre Jean-Pierre se dit: «On est con quand on est jeune...»

Donc, il avait dix-sept ans, et les filles de son âge avaient la peau douce. Sa mère, il ne la voyait que le matin et le soir. Il lui demandait de l'argent, des repas, du linge propre, parce qu'il fallait étudier, aller au collège, passer des examens. Que donnait-il à sa mère en retour? Rien. Un petit baiser du bout des lèvres de temps en temps. On n'embrasse pas les serviteurs... Est-ce qu'il aimait sa mère, quand elle avait quarante ans? Oui, sans doute, d'une certaine manière. Mais elle était d'un autre âge. Elle était là pour l'aider, lui, à se préparer une belle vie, un beau futur, une belle carrière. Elle était là seulement pour lui permettre de prendre la place de la génération précédente. Il ne la voyait plus. Elle était devenue un outil auquel on s'est habitué et que l'on manipule machinalement... Une pédale de bicyclette... Parce qu'elle avait quarante ans, il ne marchait plus avec elle sur la Citadelle, qui était derrière la maison, car ils habitaient une petite rue, là, tout près du Château Frontenac. Une vieille maison que son grand-père avait achetée avant la première guerre.

Jean-Pierre mordait dans un toast, avalait une gorgée de café, en face de sa femme de quarante ans, avec son odeur, sa maternité accrochée à la poitrine, aux mollets, aux cuisses, à l'abdomen. La maturité, même si elle prenait soin de son corps... Lui, il avait encore les goûts de ses vingt ans... Ce qui ne l'empêchait pas de faire l'amour avec elle de temps en temps.

La fissure était là, cette chose impossible à nommer qui l'avait fait pleurer la veille et qui le forçait à se regarder.

— Qu'est-ce que tu fais aujourd'hui?

Marielle se versait un deuxième café pour tenter de chasser les effets de l'alcool. Harmonieuse, elle ne faisait jamais d'excès. Jean-Pierre ne répondit pas.

— Jean-Pierre, qu'est-ce que tu fais aujourd'hui?

— Hein?

Il était encore sur la Citadelle en compagnie de sa mère et il était heureux. Puis il cherchait à retrouver sa mère quand elle avait l'âge de Marielle, mais il n'y arrivait pas. «J'ai enterré ma mère avant sa mort...», pensa-t-il, puis il leva les yeux vers Marielle qui ne comprenait pas son silence.

— Jean-Pierre, ça va pas mieux qu'hier?

La sollicitude de Marielle, la chaleur de Marielle, la beauté maternelle de Marielle, tout cela qui faisait qu'elle était comme un beau navire traversant les mers sans sentir les tempêtes, tout cela parut intolérable à Jean-Pierre.

— T'es dans la lune?

Ah! Pouvoir éventrer le flanc de ce navire et le faire couler! Dans sa tête, un énorme espadon enfonçait son épée dans le flanc du navire pour envahir les lieux saints. Il cria:

— Je le sais pas ce que je vais faire! Qu'est-ce que tu veux que je fasse?

Elle cligna des yeux, blêmit, chancela. Assommée...

C'était la première fois! «Son» Jean-Pierre, «son» mari était malade! Et, passé le choc, ce fut la mère qui s'épancha, se mit à genoux, se roula par terre... Ce fut la mère qui voulut envelopper, qui offrit sa poitrine pour que l'homme y pose la tête et se repose, se calme, s'endorme, laisse échapper son mal. Or tout cela était de plus en plus intolérable. Doucement, la voix craintive et douloureuse, elle finit par dire:

— Jean-Pierre, excuse-moi mais... j'ai l'impression que tu devrais voir un médecin... Il me semble que...

— Un médecin! Pourquoi faire, un médecin? Je suis pas malade et je suis très lucide, merci!

Il l'abandonna à son café, à sa douleur, à sa peur, à son mal de femme rabrouée sans raison, puisqu'elle n'était qu'amour et bonté pour cet homme qu'elle voulait soutenir dans son œuvre de création. Dans la salle de bains, il se rasa lentement, et dans la glace il essaya de voir la fissure au fond de ses yeux. En vain! Elle se cachait ailleurs, loin, loin au fond de sa conscience. Dans le miroir, il ne voyait que ce visage familier, toujours le même. Non! Des rides, de la flétrissure de chair... Pendant quelques secondes il resta suspendu au fil de son rasoir, la main levée, se regardant dans la glace, figé. «Si tout pouvait s'arrêter...» Mais non, il y avait eu un commencement, et à cause de cela il devait y avoir une fin. Il ne lui restait plus qu'à avancer.

Marielle entra dans la salle de bains, et la vague de sa chaleur maternelle l'inonda, le pénétra, lui, l'époux... Car, époux, il avait droit à cette vague de chaleur parce qu'elle avait le droit, elle, d'entrer dans la salle de bains pendant qu'il s'y trouvait. De sorte qu'il avait à sa disposition une bonne chose dont il ne voulait pas à ce moment-là. Marielle faisait sa toilette parce qu'elle allait au bureau; les enfants allaient se lever pour aller à l'école, et il ne fallait pas leur montrer un mauvais visage. Jean-Pierre et Marielle ne s'étaient pratiquement jamais querellés... Il fallait continuer à faire rouler la locomotive. Marielle se lavait le visage en silence, sans regarder Jean-Pierre. Il voulait lui dire quelque chose de banal, à propos de son travail, pour relancer le dialogue. Au fait, que devait-il faire ce jour-là? Il se demanda si elle voyait son propre visage comme il voyait le sien.

Finalement c'est elle qui osa une question:

— Est-ce que tu dois sortir ce matin?

Dans sa voix il ne distingua rien de particulier, comme si rien ne s'était passé entre eux quelques minutes plus tôt. Marielle était «naturelle». Elle refoulait sa peine tout en essayant de faire tomber la tension qui régnait entre eux.

— Je vais voir Bernard, le producteur, pour parler du prochain film.

Il nota, pour lui-même, qu'il n'avait pas dit «mon» prochain film, mais «le» prochain film... Pourtant, il savait bien que le prochain film allait être «son» film comme aucun autre ne l'avait été. Ce serait quelque chose de terriblement personnel.

— As-tu des entrevues à la radio?

— Non, mais j'ai une télévision ce soir...

Marielle, la femme pratique, la mère qui s'occupe de sa couvée, était contente, presque réconfortée, sinon totalement rassurée. Jean-Pierre avait un problème bizarre mais au moins, professionnellement, il était sur les rails. Il réussissait dans un domaine où les buts à atteindre étaient inaccessibles à la grande majorité. Jean-Pierre était une exception, un homme de grande valeur. Sans s'en rendre compte, en laissant couler de son cœur tous ces bons sentiments, Marielle se complimentait elle-même. Jean-Pierre était digne d'elle et elle avait eu mille fois raison de l'épouser.

N'importe qui, à sa place, eût pensé de même. Mais il est vrai, aussi, que Marielle était une femme d'une rare qualité. Jean-Pierre le sentait bien, là, juste au moment de se donner un coup de brosse dans les cheveux, avant de sortir de la salle de bains. Il «sentait» Marielle-sa-femme comme on «sent» une vérité difficilement exprimable. Certaines choses en rapport avec l'astrophysique, par exemple... Il avait entendu dire que la connaissance intuitive des Orientaux, même en physique, était phénoménale. Or Jean-Pierre était un intuitif. Il appréhendait Marielle d'un seul coup, d'une seule poussée, sans analyse. Un genre de spasme. La totalité d'un orgasme subit... «Ma» femme. Ni commencement ni fin. Le tout d'un seul bloc, dans un seul accord plaqué sur le clavier du cœur. Merci. On ferme les yeux et c'est déjà l'éternité depuis la veille.

Mais elle, circulaire, terre en mouvement, avec sa belle tête ronde et ses beaux sourcils en arc de cercle, femme qui pense, était accrochée à la réalité quotidienne, aux choses que l'on compte, et au moment où Jean-Pierre déposait sa brosse à cheveux, elle lui demanda:

— As-tu pensé que dans deux jours c'est notre anniversaire de mariage?

Pourquoi tant de «gaffes» en si peu de temps? C'était bien le moment de le ramener à son mariage! Jean-Pierre savait qu'il avait oublié cet anniversaire... Depuis des semaines, il se disait: «Il faut que j'oublie mon anniversaire de mariage parce que je ne veux pas y penser...» Pourquoi? Était-ce un petit quelque chose qui était rattaché à la «fissure»? Probablement, oui.

— Non, j'avais oublié. Excuse-moi.

— Pas grave, c'est normal, tu es très occupé ces temps-ci. Au fait, après le dixième anniversaire, est-ce que tu y as pensé une seule fois?

Elle souriait en lui posant la question, bien assise sur la solidité de leur belle relation conjugale, sur ses certitudes, sur ses connaissances en matière de psychologie masculine... Pas amère pour deux sous. Parfaite dans son rôle d'épouse évoluée, moderne, compréhensive. Merveilleuse femme! À tuer!

Pour se décider à épouser Marielle, il avait dû consulter sa mère... «Consulter» n'était pas tout à fait le mot juste mais il n'en trouvait pas d'autre. Quel âge avait-elle, sa mère, au moment de son mariage? Soixante, soixante-cinq ans? Il ne savait plus. Elle habitait toujours Québec et il allait la voir de temps en temps. Il «sortait» avec Marielle depuis deux mois mais en même temps il baisait une fille qui «cognait» comme une damnée. Ce n'était pas de l'amour, mais du bon sexe. Le cul à deux cent cinquante pour cent, celui qui se fout du ciel et de l'enfer. Elle s'appelait Micheline. Petite, l'œil fouineur, rieuse. La baiseuse idéale. N'importe où, à n'importe quelle heure, lentement ou en vitesse, selon les circonstances. Avec elle, on ne pensait pas à des choses emmerdantes comme l'avenir, le devoir, le mariage, les enfants, la famille, la patrie, la guerre d'Algérie ou la «révolution tranquille». Non! On baisait pour mieux travailler ensuite. Avec elle, chaque orgasme atteignait Jean-Pierre à la moelle épinière. Une divine brûlure, quelque part autour de la cinquième vertèbre, celle par laquelle on souffre le plus...

Mais Marielle était arrivée dans sa vie. Alors le Jean-Pierre-homme-raisonnable-responsable-créateur-sensé avait refait surface. Le Jean-Pierre positif, bon, généreux, capable de donner quelque chose à son pays, quelque chose de plus que du sperme. Avec Marielle, la belle voie de la vie sérieuse et productive se traçait d'elle-même devant lui. Il la voyait s'allonger, infinie comme une route de l'Ouest canadien, droite, longue comme une double agonie de Raspoutine accouplé avec Talleyrand.

Il avait donc fait un voyage éclair à Québec pour parler à sa mère:

— Maman, j'ai envie de me marier...

— C'est normal... Bientôt trente ans... Tu es même un peu en retard...

— Quand même... Mais je suis embêté...

— Il faut d'abord que tu sois amoureux... Non! Il faut que tu aimes ta future femme. C'est très différent.

— J'ai de la difficulté à choisir, maman...

Il lui avait expliqué sa situation, puis sa mère l'avait regardé longuement, un peu triste, avec des amorces de sourire qui se dessinaient parfois sur ses lèvres pour mourir aussitôt. Ils étaient restés longtemps silencieux, se regardant, puis levant les yeux vers le haut de la Citadelle où le drapeau du Canada claquait dans un vent d'ouest vigoureux. Enfin, elle s'était approchée de lui, avait posé une main sur son épaule. Une main douce, timide, assagie par la souffrance et le bonheur, puis elle avait dit:

— Je ne peux pas choisir à ta place... Il faut que tu le fasses toi-même, comme un homme responsable... Je me trompe peut-être mais j'ai l'impression que tu vas avoir des problèmes, à cause des femmes... Chacun son lot, comme on dit, mais prépare-toi à ça: des problèmes avec, par et pour les femmes.

— Pourquoi vous dites ça? C'est la même chose pour tous les hommes...

— Plus ou moins, oui. Mais toi, on dirait que tu t'appelles «désir»... C'est très bien. Tu vis intensément, mais cela te rendra la vie plus difficile. Il va falloir que tu sois courageux, c'est tout...

Jean-Pierre avait oublié cette conversation, l'avait refoulée pendant des années, et voilà qu'elle remontait à la surface, flèche vivante fendant la mer de ses souvenirs. Qu'est-ce qu'elle avait senti, elle, dans sa chair de femme, pour ce fils qu'elle aimait beaucoup? Qu'elle aimait comment, au fait? Comme une vraie mère? Comme une femme? Jean-Pierre ne savait plus comment les choses se passent, entre une mère et son fils. Comment avait-il vécu cet amour maternel? Maintenant, pour le savoir, il allait devoir regarder Marielle et son fils. Mais avait-il envie de les regarder?

Il fallait partir, dire au revoir à Marielle comme tous les jours, mais ce matin-là il se voyait en train d'embrasser sa femme comme d'habitude. Pour la première fois depuis son mariage, il allait se voir en train d'embrasser sa femme. Mais en même temps, il se voyait en train de penser qu'il allait se voir en train de penser qu'il embrassait sa femme... Et sa mère était toujours là, quelque part dans cet espace où il baignait, où Marielle marchait avec sa belle poitrine et ses ondes maternelles qu'elle laissait couler de son corps, tout naturellement. Alors Jean-Pierre eut envie de vomir. C'est le plus rapidement possible qu'il effleura la joue de Marielle du bout des lèvres avant de se précipiter vers la porte.

— Viens-tu souper?

— J'en sais rien.

Enfin, la rue!

Premier Amour

Céline était une assez bonne comédienne, mais elle n'était pas ce qu'on appelle communément une beauté. Du moins en ce qui concerne les traits du visage. Elle avait le menton vaguement agressif et la lèvre supérieure plutôt irrégulière. À la caméra, ces défauts de ligne se trouvaient accentués, et quand il fallait faire un gros plan, le réalisateur devait demander à l'éclairagiste d'adoucir... Par contre, le reste de son corps était harmonieux, souple (25 ans!), musclé, doux, ferme, galbé, etc., avec de jolies fossettes à la naissance des fesses, une espèce de dépression dans laquelle un amant voulait risquer l'enfer en y laissant couler sa langue. Or elle jouissait d'un appétit sexuel que rien ne venait freiner, surtout pas les vieilles bestioles engraissées par la culpabilité judéo-chrétienne!

Céline habitait un appartement plutôt minable du côté du Parc Lafontaine. Encore jeune et travaillant peu, elle ne pouvait s'offrir mieux. Jamais les temps n'avaient été aussi durs pour les comédiennes qui faisaient leurs débuts. Il en sortait de plus en plus des écoles, mais à la télévision, les budgets diminuaient d'année en année.

Elle était en chemise de nuit quand Jean-Pierre entra. L'œil allumé, Céline souriait. Elle souriait aussi parce que sa générosité était sans retenue: le succès de Jean-Pierre, remporté la veille, lui faisait réellement plaisir. Et c'était cela qui se dessinait sur ses lèvres de façon si chaleureuse, parce que le sentiment venait droit du cœur.

Les deux bras de la jeune femme se nouèrent autour du cou de Jean-Pierre. Sur sa peau tiède, il sentit les odeurs de la nuit, toute cette macération de sensualité qui s'élabore pendant les heures de sommeil et qui s'étale à fleur de chair longtemps après le lever, comme le brouillard au-dessus d'un lac. Seul entre les draps, travaillé par le désir, le corps de la femme dessine au cours de la nuit des vagues de chaleur, des spirales ondoyantes et aspirantes, des vibrations plaintives, tout cela venant du ventre et y retournant dans un mouvement de va-et-vient qui symbolise parfaitement le jeu banal de la pénétration. Jean-Pierre n'avait jamais pu résister à ces exhalaisons matinales du corps féminin. Au premier contact, son sang affluait, chaud, bondissant, véritable Niagara vasculaire, et instantanément il oubliait tout. Il soulevait Céline et la portait sur le lit défait, plein d'odeurs encore vivantes: celle de la peau, de l'anus, du vagin, des aisselles, de l'eau de toilette, le tout mélangé par les rythmes divers du sommeil, par les changements de positions adoptés au cours de la nuit, par les soubresauts spasmodiques des rêves. Le léger brouillard au-dessus du lac, mystérieux parce que venant des abysses, c'était tout cela: un merveilleux mélange qui dégageait un parfum indéfinissable, mais qui s'apparentait à l'aspect terrible de la vie, ce par quoi elle vous exalte pour mieux vous briser ensuite.

Jean-Pierre enlaça la jeune femme mais il resta cloué sur place:

Soudain, il avait seize ans et il était encore à Québec. C'était en 58 ou à peu près. Le Canada français dormait encore, à peine inquiété par les premiers craquements de l'empire ecclésiastique. Jean-Pierre se promenait sur les Plaines d'Abraham en tenant Marie-Hélène par la main, après la journée passée au Collège des Jésuites. Il était amoureux! Derrière une touffe de broussailles, au-dessus du fleuve parcouru par les traversiers qui recommençaient toujours le même voyage absurde, lui, il recommençait toujours le même baiser stérile. Le baiser qui l'enflammait mais qui se détruisait de lui-même dans la fureur du désir inassouvi.

On ne faisait pas l'amour, en ce temps-là. Les «bas instincts» étaient enfermés au sous-sol, dans le bunker de la morale, de la loi, de la peur. On n'en mourait pas, on en souffrait différemment, c'est tout, parce que la passion n'a que deux visages: le plaisir et la douleur. L'amour a des visages multiples, c'est pourquoi il peut engendrer des sourires différents pendant toute une vie.

— Si tu vas en médecine, disait Marie-Hélène, j'irai moi aussi.

— Oui, disait Jean-Pierre, on sera dans la même classe... Plus tard on choisira deux spécialités différentes, des disciplines qui se complètent, et on pourra travailler dans le même hôpital.

— Ça va être formidable!

— Oui!

Ils s'embrassaient. Un baiser court, puis ils se regardaient, s'embrassaient plus longuement, à pleine bouche. Jean-Pierre sentait le liquide mouiller son slip. Cette viscosité avait quelque chose d'inconfortable mais elle disait sa force, sa puissance. C'était troublant mais on n'avait pas le temps de réfléchir à cela. C'était là, entre les deux jambes, impedimentum obligatoire, nécessaire à la future traversée du grand désert. Car tout était pour plus tard. Pour le présent, rien. Rien que des études et des baisers inachevés, une espèce de danse exécutée à cloche-pied par des unijambistes, des manchots et même des culs-de-jatte.

Jean-Pierre emporta Céline sur le lit et lui enleva lentement sa chemise de nuit. Plus lentement que d'habitude. Longuement, il regarda ses seins. Deux belles «fales» de pigeon au bec agressif. La peau tendue. C'était plein! De la vie concentrée...

Jamais il n'avait vu ni touché les seins de Marie-Hélène. Frôlé, tout au plus, comme par accident, mais la main de la jeune fille était intervenue, ferme. «Jean-Pierre! Faut pas faire de folies, tu le sais bien! On va se marier, avant...» Et le temps, sournois malgré son omniprésence, avait emporté les seins de Marie-Hélène quelque part ailleurs, il ne savait même plus où.

Maintenant ses yeux glissaient sur le ventre lisse, faisaient un détour vers une hanche souple mais solidement amarrée au bassin, vivante et glorieuse décoration enfermant le puits où dormaient les forces vitales de la jeune femme éclatante de santé, puis allaient s'échouer sur le pubis vigoureux, rebondi, noir, têtu, mur contre lequel il se cognait le front. Le mur des lamentations vaginales, des aspirations séminales. Le mur dans lequel était taillée la porte étroite par laquelle passe la caravane interminable des démons, des anges, des destructions et des créations... La vie, avec son commencement et sa fin si intimement soudés, inéluctablement unis, principes de croissance et de destruction. Il y avait cette petite butte agressive, bien garnie de poils frisés, et tout de suite une légère anfractuosité apparaissait, une dépression régulière qui dessinait un appel vers le bas. Puis les lèvres semblaient sortir soudainement de la jonction des deux cuisses, pétales gorgés de sève qui, comme les fleurs, ne semblaient avoir d'autre raison de vivre que leur seule existence. «Je suis la vie!», disait la porte étroite...

Jean-Pierre n'avait jamais vu le pubis de Marie-Hélène. Trente-deux mille fois, avant, pendant et après ses versions latines, il avait essayé de l'imaginer, exaspéré, se répétant pour lui-même: «Quousque tandem abutere patientia nostra, vagina?»[1], Cicéron manchot du discours qu'il se fabriquait à l'intention de son amoureuse, mais qu'il n'aurait jamais le courage de lui adresser. Jamais il n'avait vu ni touché le pubis ni les lèvres vaginales de Marie-Hélène.

Et là, devant le corps dénudé de Céline, il ne savait plus s'il était passé à côté d'un grand bonheur par imbécilité, ou s'il avait vécu quelque chose de sublime, d'atrocement beau, de plus grand que toutes ces amours qui l'avaient secoué, formé, travaillé depuis qu'il avait des relations sexuelles.

— Jean-Pierre! Jean-Pierre! J'ai été tellement bouleversée, hier, quand tu t'es mis à pleurer...

---

1. Jusqu'à quand abuseras-tu de notre patience, maudit vagin? (Traduction libre...)

32

Ce qui lui remontait à la mémoire, depuis qu'il l'avait déposée sur le lit, était en train de faire refluer son sang. Cette petite phrase eut tout à fait raison de son érection.

— Parle-moi pas de ça!

Sec. Rude. Les yeux de Céline se remplirent d'étonnement, puis d'inquiétude. Sa bouche resta ouverte un long moment, pendant que ses lèvres étaient agitées d'un léger frémissement, ces mêmes lèvres qui savaient si bien glisser sur sa peau pour lui communiquer leur chaleur mais aussi leur humidité de caverne aspirante.

C'est à cet instant précis que Jean-Pierre fut frappé par une certitude qui l'ébranla: «Je vais la faire souffrir...» Et il eut mal. La roue infernale des contradictions s'était mise à tourner dans son âme.

— Pourquoi tu veux pas qu'on parle de ça?

— Parce que...

— Parce que quoi? (Silence). C'était émouvant. Quelque chose d'émouvant, c'est beau... C'est toujours beau!

Comment lui dire que ses larmes de la veille n'avaient rien à voir avec la prétendue émotion causée par le succès? Voilà qu'avec sa maîtresse il vivait le même malentendu qu'avec sa femme! Et les seins de Céline s'agitaient, se soulevaient, parce que sa poitrine était pleine de bons et beaux sentiments. Mais Jean-Pierre n'en était pas excité pour autant. Il ne voyait plus le corps de Céline. Il avait oublié ses milliers de caresses, plus subtiles, plus malicieuses, plus drôles, plus piquantes les unes que les autres. «Elle est innocente, comme Marielle...»

Innocente, peut-être, mais avide. Elle lui ouvrait les bras, approchait sa bouche de la sienne. L'inévitable danse du désir avait commencé. Mais contrairement à son habitude, Jean-Pierre restait vide, mou, à plat, marqué par la plus éprouvante flaccidité, la chose que n'importe quel mâle déteste le plus au monde.

— Jean-Pierre, qu'est-ce qui t'arrive?

— Rien.

— Comment, rien! C'est pas rien, ça! De la vraie pâte à tarte... Bandomètre à zéro!

Et elle le caressait par-dessus sa braguette.

— J'ai envie de toi, Jean-Pierre.

Il pensa: «Elle veut se faire baiser par le gars qui a eu du succès hier soir, qui a pleuré d'émotion, qui a été interviewé à la télévision... Toutes les femmes sont des groupies...» Mais dans l'instant qui suivit il se trouva injuste. Il savait bien que Céline l'aimait passionnément, et chaque fois qu'ils se voyaient ils faisaient l'amour comme des enragés. Non, c'était lui qui était détraqué. La fissure. Shit!

Elle lui enleva sa chemise. Il se dit que, experte comme elle l'était, elle finirait bien par avoir raison de son impuissance passagère. Il n'avait plus du tout envie de faire l'amour, mais il ne voulait pas non plus expliquer pourquoi. Ce qui se passait en lui était trop compliqué, trop subtil, trop... trop... Il ne trouvait pas le mot, sans doute parce qu'il ne savait pas exactement ce que c'était. Elle détachait sa ceinture. «Si je le savais, est-ce que j'aurais envie de le lui dire? C'est pas sûr... Marie-Hélène a jamais détaché ma ceinture...» La fermeture de sa braguette glissa rapidement sous la pression de son ventre rebondi, car il était assis. Ce jour-là, la trivialité de ces petits détails prenait une importance démesurée et l'agaçait. Céline s'agenouilla, et ses mamelons sombres effleurèrent les lèvres de Jean-Pierre. Doucement, elle le fit basculer sur le dos, et il vit le plafond lézardé de cet appartement plus ou moins minable où il se sentait gêné. Oui, souvent il se sentait coupable de profiter de ce corps juvénile dans un appartement où il n'aurait jamais voulu vivre, lui qui possédait une belle maison. À certains moments, la relative pauvreté de sa maîtresse lui égratignait la conscience.

«Avec Marie-Hélène, j'avais pas ce genre de problèmes... J'habitais chez mes parents et elle chez les siens...»

Maintenant Céline était assise à ses pieds et elle tirait en souriant sur les jambes de son pantalon. Elle s'amusait, Céline, à ces préparatifs qui l'excitaient, et elle prenait tout son temps. En fait, quand Jean-Pierre était entre ses murs, le temps n'existait pas pour elle. Le temps, produit de la pensée et de l'espace, disparaissait, parce que l'amour n'a rien à voir avec la pensée et l'espace.

Elle retira son slip, découvrit son membre sans force et laissa échapper un rire d'enfant espiègle.

— Qu'est-ce que c'est que ça? La grande paresse! Hein? Le petit zizi a fait des folies? Le petit homme est terrassé! Il fait pitié, le petit homme, le petit sapin, le petit saule pleureur...

Et elle souffla doucement sur le membre inerte de Jean-Pierre. Le souffle, l'esprit, l'Esprit-Saint... Toutes les religions passent par le souffle.

Marie-Hélène avait une haleine fraîche de bébé. La seule partie de son corps sur laquelle la jeune vierge ait jamais soufflé, c'était son visage. À cette époque-là, Jean-Pierre était un idéaliste, un pur à cent pour cent, une vraie réclame pour le savon à lave-vaisselle...

Céline s'était reculée, assise entre ses jambes, et elle lui caressait les pieds, doucement, appliquée. Elle n'avait rien d'autre à faire, Céline, que de prendre possession de son corps. Elle lui réservait ce traitement de faveur dans les grandes circonstances, quand il y avait un problème, ou quand elle exultait, tout simplement. Elle lui palpait la plante des pieds, les chevilles, les mollets, chaque parcelle de sa peau. Ce n'était pas une caresse ordinaire, mais un enveloppement de la paume, une véritable prise de possession. Et Jean-Pierre se laissait faire, résigné, incapable de réagir parce que Marie-Hélène était là, dans sa tête, obsédante.

Céline posa ses lèvres sur son gros orteil gauche et elle ouvrit la bouche pour envelopper son doigt de pied, lentement. Investissement par la voie royale... Il pensa: «Quand je mourrai... plantez un saule... ta gueule Musset... quand je mourrai, au moins je pourrai dire que je me suis fait sucer les orteils...» Et il dut faire un effort pour ne pas éclater en sanglots, car à cet instant précis, avec un orteil enfoncé dans la bouche de Céline, il éprouvait exactement la même chose que la veille au milieu des journalistes qui le fêtaient: «Quand je mourrai...»

Les lèvres de sa maîtresse glissèrent sur l'arche de son pied. La caresse multiple, bouche, mains, doigts, pointe des seins, s'étendit sur les deux jambes à la fois, monta comme une marée lente au ventre gonflé par les sources de l'océan, et vint mouiller aux abords du bassin où l'arbre de vie s'était dressé malgré les tiraillements de sa conscience et les errances de sa mémoire.

— Bonjour mon p'tit bonhomme!

Elle avait la voix rieuse des jeunes femmes qui, sous une apparente insouciance, ont assumé le meilleur et le pire de la vie, et qui savent rire en buvant un rayon de soleil passager. Dans un bel élan de tendresse et de générosité, elle colla sa joue contre le mât du navire sur lequel elle se berçait.

La joue de Marie-Hélène se collait contre la sienne, et l'exaltation qu'il sentait monter en lui avait quelque chose de religieux. Une assomption de vierge, véritable Magnificat à deux voix qui s'élançait vers le ciel à la verticale.

C'était l'époque où il se passionnait pour la *Neuvième Symphonie* de Beethoven, qu'il essayait d'analyser, même dépourvu de connaissances musicales sérieuses. Il parlait à Marie-Hélène de la «naissance de la neuvième» avec un ridicule qui le brûlait encore aujourd'hui, après tant d'années. Pour chacun des mouvements, il avait imaginé des décors-états d'âme vécus par le compositeur. Pour le premier mouvement, des appels souterrains venant d'un cimetière, le soir, avec nuages lourds et longs manteaux noirs. La pulsation obsédante du deuxième mouvement ne pouvait venir que d'un contact pur avec une jeune femme joyeuse. Le troisième mouvement venait d'une rivière qui coulait lentement dans une belle prairie. Les musicologues parlaient de «cantilène», mais il n'aimait pas ce mot qu'il trouvait «emprunté». Non, il tenait à sa rivière lente. Pour lui, le troisième mouvement était une prière que la nature elle-même adressait au Créateur. Enfin, le quatrième mouvement, c'était l'envolée. On montait au ciel. Il l'écoutait souvent avec Marie-Hélène, et à chaque fois c'était le même ravissement. Beethoven avait eu la révélation de la vie au paradis, il en était sûr. Quelque part vers la fin, il y a un arrêt, puis un départ des sopranos dont la ligne mélodique dessine des spirales absolument envoûtantes (pour lui à l'époque). C'était cela, l'envol vers la lumière, et en tenant la main de la vierge Marie-Hélène, il s'élançait avec elle vers l'intelligence suprême...

Après avoir éprouvé la résistance de son membre du bout de la langue, comme pour le taquiner, Céline le prit lentement dans sa bouche avide, l'enveloppant de sa muqueuse qui était d'une douceur «paradisiaque», et il ferma les yeux pour ne pas voir la lézarde qui déchirait le plafond comme une grimace défait un visage. La pauvreté des lieux gâchait son plaisir autant que le souvenir de Marie-Hélène. Rien à faire, il se sentait coupable dans cet appartement où il avait connu les plaisirs les plus brûlants. C'est là, entre ces murs grisâtres, délavés, que Céline l'avait atteint jusqu'à la moelle épinière avec les feux de l'orgasme. Et plus il jouissait, plus il avait le sentiment de «profiter d'une pauvre fille», ce qui n'était pas vraiment le cas, bien sûr, mais Jean-Pierre était un sensible tricoté sur modèle d'hiéroglyphes mélangés à des caractères chinois de l'Antiquité.

Elle s'était assise sur lui, arrimée à son membre, prolongement du mât autant que proue, tandis que Jean-Pierre, navire ignorant de la mer sur laquelle il dérivait, sentait monter l'orage... Car Céline ne se contentait pas de tanguer, de rouler, de bercer... Elle avait aussi des coups de lames poussées par le vent d'est, des bordées par lesquelles elle s'atteignait elle-même au plus intime de son ventre (elle lui avait déjà dit: «Tu m'as atteinte à la racine du mal», riant, découvrant ses belles dents qui savaient aussi faire juter la pulpe d'une pomme), des plaintes aiguës, des cris de gorge rauques, comme si on lui avait ouvert le ventre jusqu'au larynx, des grognements de bête affolée, des rires gras, lents, appuyés comme des baisers qui ne veulent plus finir, des tremblements de lèvres, et bientôt vinrent les larmes avec les cris et les saccades déboussolées célébrant la mise à mort de l'animal invisible qu'ils pourchassaient tous les deux.

Maintenant le poisson était mort, parvenu à son antique habitacle. La paix était revenue dans le corps et le cœur des deux amants rassasiés... momentanément. Car la passion sexuelle, contrairement à l'amour, est sujette à la pensée, au temps et à l'espace, qui engendrent le plaisir et la souffrance.

Céline faisait bien l'amour. Elle sentait «son» Jean-Pierre de part en part, comme les rayons X traversent les chairs. Blottie contre lui, la tête mollement appuyée à son cou, elle laissa couler quelques minutes de détente, dans le silence affecté seulement par leur respiration et les battements de leurs cœurs qui mettaient du temps à retrouver leur rythme normal. Puis elle dit:

— Jean-Pierre, qu'est-ce que tu as?

— Rien... Qu'est-ce que tu veux dire?

— Ce que je dis. Je te demande ce que tu as.

— Mais j'ai rien!

Il parlait calmement, mais elle sentait le frémissement à peine perceptible de la voix qui précède ou qui cache l'irritation. Elle laissa passer encore un peu de temps, lui caressa doucement la poitrine pour essayer d'apprivoiser la petite bête qu'elle devinait en lui, prête à bondir avec violence.

— Jean-Pierre, t'es pas obligé de me le dire, évidemment, mais il y a quelque chose qui te dérange, qui te fait mal ou qui te fait peur, et je voudrais bien savoir ce que c'est... Peut-être que je pourrais t'aider, non?

La connaissance intuitive de Céline était admirable, Jean-Pierre en convenait intérieurement, mais ce jour-là elle l'agaça. Il avait l'habitude de tout lui dire ou à peu près: ses idées, ses joies, ses craintes, ses émotions, tous ces petits détails qui alimentent la vie sentimentale des amants et qui sont comme les sourires de l'existence. Mais ce qui l'avait fait pleurer la veille, c'était différent. C'était «sa» chose à lui. Ni maîtresse ni épouse ne devaient en être informées. Il se disait qu'un homme a bien le droit d'entrer dans son cercueil avec deux ou trois secrets qu'il n'a jamais révélés à quiconque.

— Céline, je sais que tu me connais bien, que tu lis dans mon cœur, comme on dirait dans les romans à l'eau de rose, mais pour une fois je pense que tu te trompes... Je me sens très bien! Un peu dérangé par les événements, surpris, mettons... J'ai été bousculé par ce qu'il faut bien appeler un succès... (La voie de la diversion était ouverte, il s'y engouffra). Mais il faut pas s'enfler la tête avec ça! Un gros succès au cinéma, ici à Montréal, ça veut pas dire grand-chose... Tu vas voir, je peux très bien avoir toutes les difficultés du monde à trouver le financement pour mon prochain film. En sortant d'ici je vais voir Bernard, mon producteur... d'ailleurs je suis en train de me mettre en retard...

Sans s'arrêter de parler, disant la même chose plusieurs fois mais de façons différentes, pour empêcher Céline d'ouvrir la bouche, il se leva sans trop de délicatesse et alla procéder aux «maudites» ablutions (dans les relations extra-conjugales, c'était ce qu'il détestait le plus, probablement parce que les «impuretés» des sécrétions avivaient le tison de sa culpabilité), et il revint près du lit pour s'habiller en vitesse.

Céline le laissa dévider son écheveau sans dire un mot, attentive en apparence, mais se demandant pourquoi il voulait à tout prix lui cacher la chose qui lui faisait mal. Et tout à coup l'inquiétude la piqua. Une toute petite douleur, là, à la pointe du cœur: est-ce que Jean-Pierre commençait à moins l'aimer? Est-ce qu'il se préparait à la quitter? Était-ce déjà fini? Non, quand même... Jean-Pierre était honnête, elle en avait la certitude. Si son amour pour elle avait commencé à s'altérer, il le lui aurait dit.

Habillé, nettoyé, allégé du fardeau de sa concupiscence, Jean-Pierre se pencha sur Céline encore nue, baisa le bout de ses mamelons, admira la courbe de ses hanches, puis il lui dit au revoir après l'avoir embrassée chaleureusement.

— Jean-Pierre, je t'aime.

— Moi aussi.

— Fais attention à toi... Bonne chance avec Bernard.

— Merci... Je te téléphone demain matin...

Il jeta un regard circulaire sur l'appartement, et à cet instant précis, une drôle de certitude le frappa en plein cœur: il ne ferait plus jamais l'amour avec Céline. Il ne pouvait savoir pour quelles raisons, mais il en était sûr. La «roue du destin», comme on dit... Jean-Pierre sortit au plus vite, sans regarder Céline.

Dans la rue, il se rappela quelque chose de beau: il était

avec Marie-Hélène, sur la Terrasse Dufferin. Il la tenait par la main et ils regardaient un bateau qui s'éloignait, entre l'Île d'Orléans et la rive sud du fleuve. À ce moment-là, il rêvait de partir, d'aller loin, n'importe où. Loin dans la vie... Il était alors à l'âge où on n'en a que pour le bout du monde...

Le Producteur

On essayait de faire revivre le Vieux-Montréal. Avec des fenêtres neuves en bois naturel, du mortier neuf, du ravalement, de l'argent. Beaucoup d'argent. Jean-Pierre trouvait quand même que ça sentait le cimetière, le vieux, et cela le gênait.

Pour des raisons diverses, plusieurs maisons de production s'y étaient tout de même installées. Le midi, il était fréquent de voir deux ou trois producteurs de cinéma dans le même restaurant du quartier. La concurrence ne les empêchait pas de se sourire ni de se serrer la main. Ils étaient tous trop petits pour se livrer des batailles en règle. Jean-Pierre mettait des jetons dans le parcomètre en pensant que notre situation de minoritaires au milieu de la mer anglophone se faisait sentir partout, malgré le talent des Québécois. «On ne sera jamais grand!»

Il montait les deux escaliers rénovés qui menaient au bureau de son producteur Bernard Galipeau en essayant de trouver une définition de la grandeur. Réalisateur de cinéma, quand le mot «grandeur» lui venait à l'esprit, il pensait à Hollywood, à Paris, au Cuirassé Potemkine... Il pensait aussi aux fortunes colossales que certaines personnes avaient amassées, aux salaires faramineux des vedettes de la télévision américaine. «Ça ne sera jamais pour nous, les Québécois...»

Parvenu à la dernière marche, il s'arrêta lentement, comme accroché à une idée qui freinait son mouvement. «La grandeur, c'est la puissance tempérée par l'harmonie et la beauté.» Il resta sur place un moment, examinant sa définition, trouvant qu'elle était pas mal du tout. Elle avait au moins le mérite de passer par d'autres critères que l'argent...

D'ailleurs, c'était justement à propos d'argent, que le bureau de son producteur était dans un état d'effervescence extraordinaire. Simplement parce que toutes les critiques de son film étaient louangeuses. La population allait s'engouffrer dans les salles de cinéma, le succès était assuré! Et c'est dans un brouhaha de rires, de cris joyeux, de sonneries de téléphone à répétition qu'il franchit la porte.

— Jean-Pierre! Jean-Pierre! Jean-Pierre!

C'étaient des secrétaires, des attachés de presse, des amis, vrais ou faux, comment savoir? On l'embrassa avec effusion, on lui secoua le bras, on lui arracha la main droite. Et il pensa: «Est-ce que je suis vraiment fait pour ce métier? Avec ces gens-là, pour arriver à la vérité, il faut passer par trop de mensonges...»

— Bernard est dans son bureau?

— Bernard est au téléphone, tu comprends. Ça dérougit pas!

Jean-Pierre poussa la porte. Souriant, l'appareil collé à l'oreille gauche, Bernard lui fit un signe chaleureux de la main.

Avant de sillonner les Plaines d'Abraham avec sa petite amie Marie-Hélène, Jean-Pierre s'y était souvent promené avec son père, professeur de littérature à l'université Laval. Avec lui, il avait vécu des années magnifiquement harmonieuses. Des années d'idéal, ou plus précisément, consacrées à la recherche d'idéal.

Bernard raccrocha, se leva, se jeta sur Jean-Pierre à bras ouverts et l'embrassa en le secouant avec vigueur. Une belle étreinte fraternelle...

— Mon vieux Jean-Pierre, c'est formidable! Maintenant, on va pouvoir faire ce qu'on veut!

Bernard venait d'aborder la soixantaine. Il grisonnait

mais il était encore vigoureux et il avait la peau d'une telle qualité qu'on lui donnait à peine cinquante ans. Quoique producteur de cinéma, il ne fumait pas le cigare, ne cherchait pas à sauter les jeunes comédiennes et ne travaillait pas automatiquement à tromper les hommes avec qui il faisait affaire. C'était pour ces quelques rares qualités que Jean-Pierre avait lié son sort au sien. Avec lui, il se sentait protégé, comme au temps des Plaines d'Abraham...

Le père de Jean-Pierre était délicat, cultivé, bon, assez raffiné. Il était aussi capable de certaines fantaisies. Par exemple, pour faire plaisir à son fils, il pouvait embarquer avec lui sur le traversier de Lévis, traverser le fleuve et revenir, comme ça, uniquement pour lui donner l'illusion de partir en voyage. Alors il lui parlait de sa traversée de l'Atlantique, qu'il avait faite dans les années trente, dans le temps des gros paquebots, symboles de l'insouciance... Il lui parlait de Paris, de la Sorbonne où il avait étudié... Appuyé au pauvre bastingage du petit traversier, Jean-Pierre s'emplissait de rêves et de projets. Un jour, il partirait lui aussi, comme Ulysse!

— Merci papa pour la belle traversée.

Mon Dieu que la vie était belle!

— Jean-Pierre, on va battre tous les records, je le sens! (Un temps). Qu'est-ce que t'as? T'es pas content?

— Non, non, ça va...

— Pourquoi tu fais une gueule pareille? Jean-Pierre, bonyeu! Tout le monde délire parce que ton film est un succès, et on dirait que tu boudes!

Jean-Pierre lui accorda un sourire, pour faire semblant qu'il appréciait l'enthousiasme du producteur. Une bonne tête, Bernard... Tête? Un flash: quand il se promenait avec son père, ce dernier émaillait sa conversation de citations latines, non pas pour faire étalage de sa culture qui était grande, mais pour la transmettre à son fils. Un jour, pour lui expliquer le comportement d'un Machiavel quelconque envers ses subordonnés, il lui avait dit: «Quos vult perdere dementat Jupiter.» Traduction libre du papa qui avait beaucoup amusé le petit Jean-Pierre: «Si tu veux ruiner quelqu'un, commence par lui dévisser la tête.» Et il avait continué à disserter sur la beauté des mots, expliquant le sens du préfixe «de» qui marque toujours la chute, le mouvement de haut en bas, et dans le verbe latin «dementare», *faire tomber* l'esprit, rendre fou, alors que l'esprit a pour caractéristique essentielle de monter. L'esprit souffle vers le haut... Bon, très bien, mais pourquoi, merde, ce souvenir lui remontait-il à la mémoire à cet instant précis? Perdre la raison... Était-il en train de capoter, à cause de cette sensation terriblement angoissante qui l'avait saisi la veille?

Jean-Pierre se ressaisit. Il fallait aller de l'avant, préparer le film suivant.

— On va présenter un autre projet tout de suite à Téléfilm, dit Bernard.

— Justement, je voulais t'en parler... J'ai une autre idée...

— Pourquoi une autre idée? Celle dont tu m'as parlé est très bonne! Le premier amour de deux adolescents, dans le contexte social actuel, l'avenir incertain, tout ça, c'est très bon...

— J'ai quelque chose de mieux, de plus original...

— Arrive-moi pas avec un gadget d'intellectuel, Jean-Pierre! On n'a pas les reins assez solides pour se payer ce genre de luxe!

— C'est pas un gadget d'intellectuel... C'est quelque chose de tout simple... Ça s'appelle *La Roue Dentelée*.

Bernard resta bouche bée. Les deux hommes se regardèrent un long moment en silence. Jean-Pierre voyait bien ce qui se passait dans la tête de son ami. Dans ses yeux, il pouvait lire: «Ce salaud-là, il est comme tous les autres de son espèce. Le succès lui monte à la tête et il pense qu'il peut sortir toutes les conneries qui dorment dans ses tiroirs... Est-ce que je vais être obligé de me battre avec lui?»

— Explique-moi d'abord le titre, laissa tomber Bernard avec un sourire qui en disait long.

— C'est l'image même de la vie: deux roues d'engrenage... As-tu déjà regardé ça tourner, deux roues d'engrenage?

— Évidemment! C'est bête comme tout ce qui est mécanique!

— C'est peut-être mécanique mais c'est très efficace, et je te le répète, c'est l'image même de tout ce qui est vivant.

L'œil de Bernard devint aussi expressif qu'un fond de bouteille.

— C'est l'évidence même, continua Jean-Pierre. Pour avancer, les engrenages s'emboîtent l'un dans l'autre, mais pour entrer dans le suivant, il faut sortir de celui qui précède, sans arrêt... Autrement dit, pour faire avancer quelque chose, les roues d'engrenage exécutent, à répétition, une série de gestes positifs et négatifs. Pour obtenir le positif, il faut absolument que tu fasses le négatif. Tu vois, c'est comme la vie: pour vivre, il faut mourir, et ainsi de suite...

Bernard ferma les yeux, comme s'il avait eu peur de montrer ce qu'il pensait. Puis il finit par dire:

— Génial! GÉNIAL!

Évidemment, l'ironie du ton ne pouvait laisser de doute.

— C'est pas génial, c'est simple comme bonjour, mais ça veut pas dire que c'est insignifiant.

— Et c'est quoi, l'histoire qui se cache derrière ce beau titre plein de richesse symbolique?

Jean-Pierre et son papa étaient sur le haut du Cap Diamant, à Québec, et ils regardaient le fleuve au temps de la débâcle. C'était fascinant de voir l'eau sombre charrier les glaces, les bousculer, les faire rouler (bien sûr le papa avait un vers sur le bout de la langue: «Qui roule d'âge en âge, et vient mourir au bord de l'éternité»), disparaître partiellement pour émerger ensuite, descendant vers le bas, emportées de façon inexorable. Alors le papa disait à son fils:

— Tu vois, le fleuve n'arrête pas de passer, comme le temps. Il emporte les glaces qui se désagrègent, comme la vie nous emporte, vers la tombe... Ce n'est pas une raison pour être pessimiste, mais il faut être conscient de ce phénomène, propre à toute l'humanité...

Le père de Jean-Pierre ne cherchait jamais à lui cacher les vérités fondamentales. Le culte des «belles images» lui répugnait, et il lui montrait le laid aussi bien que le beau. La vie!

— T'aimerais pas mieux qu'on écrive le scénario, avant d'en parler?

— Non, Jean-Pierre... J'ai peur que ton beau titre cache une idée farfelue, et comme on n'a pas de temps à perdre, je veux savoir tout de suite de quoi ça retourne.

— Bon... Tu sais qu'à Rimouski, le fleuve est très large? Entre Rimouski et Baie-Comeau, ça va chercher dans les cinquante kilomètres.

— Merci de me l'apprendre, mais je ne vois pas le rapport.

— L'idée est la suivante: un homme et une femme embarquent dans une chaloupe à Rimouski, et ils traversent le fleuve jusqu'à Baie-Comeau. Pendant la traversée, ils s'aiment, se querellent, se font mal, s'aiment de nouveau, vieillissent. Quand ils arrivent sur la rive nord du fleuve, ils meurent.

Bernard s'était levé. Il se laissa tomber sur sa chaise sans dire un mot. Silence. Puis:

— C'est tout?

— C'est assez, il me semble... La vie, toute une vie...

— Mais c'est invraisemblable!

— Qu'est-ce que tu veux que ça me fasse, la vraisemblance? J'en ai rien à branler, moi, de la vraisemblance! Ce qui m'intéresse, c'est la vérité!

— Mais le public marche quand il peut croire à l'histoire qu'on lui raconte! Le monde peut pas gober une affaire pareille, même si tu m'affirmes que c'est la vérité... Je me demande où est la vérité là-dedans, d'ailleurs... Traverser le fleuve en chaloupe, c'est suicidaire.

— C'est peut-être suicidaire, comme la vie...

Si heureux le matin avant l'arrivée de Jean-Pierre, Bernard était maintenant catastrophé. Triste, gêné, désolé. Car Jean-Pierre n'était pas seulement un réalisateur qui travaillait très bien: il était devenu un ami. Et voilà qu'il se mettait à déconner, juste au moment où le succès leur ouvrait les bras, où leur collaboration pouvait être facile. Il y eut un long silence au cours duquel ils n'osèrent pas se regarder, sans doute parce qu'il eût été indécent de s'affronter davantage en ce jour de réjouissance.

Jean-Pierre achevait sa première année de «cours classique», ce qu'on appelait Les Éléments Latins. Un jour, agacé

par les compositions françaises pseudo-poétiques et senti-
mentales des adolescents, le professeur de français avait
demandé à ses élèves d'écrire seulement un paragraphe, sur
un sujet de leur choix. «Un paragraphe: une idée, point!»,
avait dit le professeur. «Il faut que vous arriviez à dire les
choses simplement. On appelle un chat un chat.» Justement,
Jean-Pierre avait décidé de décrire le chat en attente, au
moment où il fixe un point précis, sans bouger d'un poil,
attendant le moment propice pour sauter sur sa proie. Il avait
écrit douze lignes, s'arrêtant au moment où le chat allait
s'élancer, parce que le saut, c'était une autre idée. Il avait eu
neuf sur dix et le professeur lui avait demandé de lire son
paragraphe devant la classe. Le soir, à la maison, il l'avait fait
lire à son père qui l'avait félicité:

— Très bien, mon gars! Très bien... Moi aussi je t'aurais
donné neuf sur dix... Un jour, tu pourras peut-être écrire.
Continue, mais n'oublie jamais la règle d'or: clarté et simplicité.

Quelle belle journée pour le petit Jean-Pierre! Grâce aux
propos et à l'attitude de son père, la paternité était devenue
une matière palpable, pour ainsi dire. Il s'était dit: «Si jamais
j'ai un fils, c'est comme ça que je me conduirai avec lui.»
L'homme qui l'avait engendré lui tenait la main pour l'aider
à devenir un créateur, la plus belle fonction de l'homme...

Or aujourd'hui, Bernard son producteur, qui devait aussi
exercer des fonctions de guide et de père, lui collait un zéro.

— Comme ça, tu veux pas de mon idée?

Bernard leva des yeux de chien malheureux vers lui.

— Écoute, vieux, je suis désolé mais... pour l'instant, en
tout cas, j'arrive pas à imaginer comment on pourrait piloter
un projet pareil, trouver le financement et tout le bazar... Tu
sais aussi bien que moi comme c'est difficile... bête...

— Bête, surtout, oui... Parce qu'il y a des centaines
d'exemples, comme ça, de scénarios qui ont mis des années à
trouver preneur, et qui ont donné des films extraordinaires...

— Oui, je sais tout ça... Mais il faut au moins que j'y
croie, moi, pour avoir la force de me battre...

— Bon... Je vais quand même en parler à Mario, hein?

— Si tu veux...

— Et si Mario est allumé?

— On verra...

— C'est ça, on verra.

Le «on verra» de Bernard était évasif à souhait, tandis que celui de Jean-Pierre était décidé: «On va voir ce qu'on va voir!» Les deux hommes se serrèrent la main, et Jean-Pierre eut l'impression, malgré ce geste de sympathie et d'attachement, qu'il venait de rompre un autre lien. La dérive: Marielle, Céline, Bernard... Le sablier se vidait à une vitesse folle!

L'Ami

Mario était âgé de cinquante ans. Il avait quelque chose de lourd, de massif comme saint Thomas d'Aquin, paraît-il, mais avec la cinquième preuve de l'existence de Dieu en moins... Son visage, cependant, était lumineux. L'intelligence rehaussait ses traits, donnait de la noblesse au port de sa tête. À son actif comme auteur, deux romans publiés à Montréal. Deux seulement, qui étaient passés à peu près inaperçus, mais que certaines personnes estimaient supérieurs à tout ce que la critique encensait à tour de bras depuis des années. Amertume au fond du cœur, bien sûr. D'autant plus qu'au cours des vingt dernières années, une bonne douzaine de romanciers québécois avaient réussi à se faire publier à Paris. Lui, rien. Même pas reconnu comme romancier à Montréal. Donc jalousie, amertume, colère rentrée. «Des veaux, des cons, des crottes de nez! As-tu vu la gueule de F. dans le journal? Critique littéraire! Y sait pas lire! Les yeux braqués sur son petit nombril plein de merde, enculeur de maringouins vérolés, buveur de chaude-pisse à l'eau de vaisselle!»

Mais maintenant les sorties de Mario étaient plutôt rares. Il avait accepté son sort en se disant: «De toute façon, des romans, y en a trop. On publie n'importe quoi. Qu'est-ce que je viendrais faire là-dedans, moi? Un de plus un de moins, qu'est-ce que ça pourrait changer au sort de l'humanité? Tout est pet de lapin et branlette de crapaud...»

Il faut dire que la mode était aux bonnes petites histoires racontant les états d'âme des jeunes femmes qui avaient vécu les bouleversements du Québec depuis les années soixante et leurs conséquences. Du social, du familial, du conjugal malheureux avec un peu de démangeaison autour du pubis, traces de champignons ou de morpions égarés, mais sans odeurs. Les grandes manœuvres n'existaient plus (si jamais elles avaient existé). Finie l'envergure. Tout était avachi, «douceur cotonnelle», comme le bon peuple qui faisait des rêves au ras du sol. Le règne de la flaccidité dans l'invention. La démesure, porte ouverte sur la grandeur, était aux chiottes. Par exemple, quand un écrivain comme François Barcelo publiait un roman formidable intitulé *La Tribu*, impossible de lui faire obtenir une reconnaissance quelconque. C'était trop... Trop quoi? Barcelo voguait comme un continent à la dérive, nourri par un inconscient d'une richesse incroyable. C'était trop, en effet!

Mario se consolait comme il le pouvait, mais ne pas être publié à Paris, quand même, c'était agaçant. Pour vivre, il écrivait des scénarios de films, des petits trucs pour la télévision, biberon empoisonné de tous les créateurs depuis les années cinquante. Mario s'en allait lentement sur sa rivière assez paisible, somme toute, essayant d'oublier qu'il aurait pu être un homme au talent reconnu... mondialement...

Jean-Pierre arriva chez Mario au milieu de l'après-midi, après avoir longuement déjeuné dans un petit restaurant de la rue St-Denis, seul. Il se sentait lourd, ayant bu un peu trop de vin.

— Je prendrais bien un café.

— Manon, tu veux nous faire du café?

— Tout de suite!

Manon avait les yeux noirs, les cheveux noirs, des poils noirs qui ornaient ses avant-bras jusqu'au poignet. Héritée de ses lointains ancêtres paysans, Jean-Pierre avait une vieille fixation subconsciente qui lui faisait trouver cette pilosité attirante, pour ne pas dire troublante. Il regardait ses bras, puis il posait les yeux sur sa bouche tout en pensant à sa touffe. Mais entre eux, il ne s'était jamais rien passé. Manon était la femme de Mario, son meilleur ami, le scénariste qu'il préférait entre tous à Montréal. Et puis, il se trouvait comblé par une maîtresse et une épouse.

Manon disparue à la cuisine, les deux hommes firent le tour de la soirée de la veille: le succès, les journaux, la télévision, etc. Puis Jean-Pierre raconta son entretien avec Bernard, c'est-à-dire le nouveau sujet de film qu'il venait de lui proposer. Mario l'écouta jusqu'au bout sans dire un mot, l'œil perdu dans un lointain paysage qu'il était obligé de s'inventer, parce qu'il était assis en face d'un mur blanc. Il se leva d'un bloc au moment où Manon entrait dans la salle de séjour avec les cafés.

— C'est un pauvre imbécile!

— Qui donc? demanda Manon. Encore un! Il me semble qu'il y en a beaucoup dans votre milieu...

— Pas plus que dans le tien, ma chérie. Seulement, dans le nôtre ils sont plus visibles, c'est tout...

Manon enseignait la littérature à l'université de Montréal. Elle était mince, élégante, et en se déplaçant, elle faisait vibrer autour d'elle une zone de sensualité qui ondulait lentement, mollement, presque palpable, pareille à un parfum qu'on imagine respirer dans les Contes des Mille et Une Nuits. Elle avait quarante-deux ans, Manon, mais elle en paraissait trente-cinq. Chaque fois qu'il la voyait, Jean-Pierre sentait quelque chose... le petit frémissement à la surface des eaux. Il faut dire qu'elle le regardait d'une façon particulière. Il avait l'impression qu'elle ne le regardait pas avec ses yeux mais avec sa bouche entrouverte.

— Non, Mario, Bernard, c'est pas un imbécile... Il l'a déjà prouvé, tu le sais aussi bien que moi. Mais j'imagine que mon nouveau projet lui fait peur, comme il ferait peur à n'importe quel producteur... traditionnel, disons.

— Et c'est quoi, ton nouveau projet? demanda Manon qui s'était apporté un café elle aussi.

— T'as rien à faire, toi? demanda Mario sur un ton qu'on aurait pu croire sérieux.

— Je veux m'enrichir... Alors je reste avec vous, les auteurs! Ça te dérange pas, Jean-Pierre?

— Pas du tout... Je suis pas ici pour travailler mais pour trouver une solution à quelque chose qui va devenir un problème si Bernard ne change pas d'avis.

— C'est quoi, le sujet de ton film?

Emballé, Mario prit la parole à la place de Jean-Pierre et parla de la chaloupe qui emportait le couple de Rimouski à Baie-Comeau, ajoutant des détails de son cru, dessinant des vagues avec ses bras, brassant des tempêtes, rugissant comme les lames soulevées par le vent d'est, quand on ne voit plus rien. Les nuits sans lune et la mer sans fond de grand-père... Immobile, impassible, Manon écoutait, la bouche entrouverte. Quand Mario s'arrêta, elle tourna les yeux vers Jean-Pierre et lui sourit:

— C'est un très beau symbole, Jean-Pierre, mais ça ressemble à de la mythologie, et je me demande si on est prêt à l'accepter...

— Il faut quand même essayer, non? De toute façon, moi, je fonce! Je suis décidé! Mario, je te propose quelque chose... On va travailler ensemble au scénario, pour faire une première mouture, puis on va montrer ça à Bernard. Quand il va le lire, peut-être qu'il va changer d'avis...

— O.K. J'aime assez le sujet pour prendre le risque.

— Mais ça suppose que tu travailles sans contrat pendant un certain temps, sans salaire assuré...

— J'ai passé la moitié de ma vie à travailler pour rien...

Là-dessus, Mario se leva pour aller à la salle de bains, et une panthère noire de Java se trouva dans la pièce, vibrante, frémissante, reniflante, dégageant ses ondes par milliards. C'était Manon qui, pour la première fois, se laissait aller à être elle-même devant Jean-Pierre qu'elle désirait depuis toujours.

— C'est très beau, ton sujet de film, Jean-Pierre, très beau... T'es formidable! Jean-Pierre, écoute, il faut que je te dise quelque chose, mais je ne veux pas que tu te choques, O.K.? (Silence). L'autre jour, quand je t'ai vu pleurer, j'avais envie que tu sois sur mon épaule... J'aurais voulu t'avoir dans mon ventre...

Elle vint près de lui et posa une main sur son genou. Jean-Pierre sentit une vague énorme le soulever. Toute la sensualité du monde le pénétrait, mais en même temps il éprouvait un sentiment horrible, comme s'il avait appréhendé, en une seconde, toute la misère du monde rattachée au sexe.

On était au début des années soixante et Jean-Pierre venait d'entrer à l'université. Le Québec, récemment libéré du joug duplessiste, s'élançait à la conquête de son «identité». La pilule venait de s'installer dans tous les sacs à main des mammifères âgés de douze ans et plus. On ne jurait que par la croissance, l'envol, le développement, le futur, etc. L'humanité était sur les rails du progrès, OBLIGATOIREMENT! On s'en allait joyeusement vers la «civilisation des loisirs»... Les pauvres allaient devenir riches, allaient voyager, et pas seulement au LSD! La lune était à la portée de quelques catastrophes aériennes mais on y allait. Katmandou était sur les lèvres de tous ceux qui rêvaient de se trouver une personnalité... Et dans ce grand vent libérateur qui voulait tout balayer, éclata le slogan: FAITES L'AMOUR PAS LA GUERRE! Bien entendu, là, le mot amour voulait dire sexe, cul, orgasme, et un peu de tout cela ensemble, mais l'amour, lui, dut partir en vacances...

Josette avait dix-huit ans, quelques mois de plus que Jean-Pierre. Ils s'embrassèrent comme des adultes et roulèrent sur le lit. Elle vivait dans une maison de chambres, car elle était née à Rivière-du-Loup et s'était inscrite à la faculté des Sciences sociales à Québec...

Tout en regardant la bouche de Manon, la désirant, essayant d'imaginer son mont de Vénus, Jean-Pierre pensait qu'elle l'avait vu pleurer et il se souvenait avec précision de ce qu'il avait ressenti au moment où Josette avait enveloppé son pénis d'une main charnue pour le conduire à l'entrée de sa corolle en flammes... Ce moment de plaisir l'avait transpercé comme... (Il n'avait rien trouvé d'autre que cette comparaison ridicule: «comme une épée de feu», mais il y avait ce maudit roman intitulé *L'Épée de feu*, écrit une vingtaine d'années plus tôt par un suceux de balustrades qui gagnait sa

53

vie en parlant de la Bible et ça l'emmerdait!). Il avait quand même été brûlé par cet instant de plaisir charnel, et il avait crié, rugi, mais à la minute même, il avait connu cette notion d'immensité, de noirceur impénétrable, de silence éternel... Cet absolu qui est sans visage mais qui est toujours là quand la mort se couche entre vos draps. Josette haletait, et c'était affreusement beau, mais Jean-Pierre pensait à Dieu en se disant que peut-être, grâce à la violence de son plaisir, il allait pouvoir le tuer...

Manon avait toujours la main sur son genou pendant que Mario faisait son caca de brave mari, et Jean-Pierre se disait que tout cela était fini. Il en venait presque à penser que rien n'existait plus, qu'il s'était inventé des joies, des peines, des plaisirs, un bonheur. Du vent!?

— Jean-Pierre, disait Manon, tout en exerçant une légère pression de sa main chaude, ça m'a bouleversée de te voir pleurer... C'était tellement beau! (Dieu qu'elle était désirable! Mais il se trouvait dans l'impossibilité absolue de désirer...). J'aurais voulu être ta femme... Non, mieux, j'aurais voulu être ta maîtresse... Jean-Pierre, je te l'ai jamais dit mais tu as dû t'en apercevoir... J'ai envie de toi depuis des années...

La tête de Manon était tout près de la sienne, sa bouche quémandait un baiser, pendant que la chaleur de son corps l'encerclait pour tenter de l'emporter dans son tourbillon de sensualité.

«Que les temps sont changés!» Où était partie cette époque facile, fastueuse? Ces années d'université, c'était hier, non? Cinq ou six aventures par année. L'allégresse dans l'alternance des matelas. On parlait de fruits, inspiré par un vocabulaire érotico-poétique plutôt débile: pommes, framboises, pêches, fraises, etc. Tout le verger y passait. On disait que le monde se libérait, qu'enfin on respirait, qu'on acceptait «l'amour»... C'était l'époque des «yes-girls», car les M.T.S. n'avaient pas encore commencé à galoper. Pas le moindre petit herpès à l'horizon. Les morpions dormaient quelque part entre le Nouveau-Mexique et la Bolivie. Ainsi, après la première explosion de plaisir, il avait «aimé» Juliette, Francine, Louiselle, Ginette, etc.

Et la bouche de Manon était toujours là, attendant ce baiser qui ne venait pas, car il était absolument incapable de le lui donner. On pourrait même dire qu'il n'aurait su comment faire. Jean-Pierre était en train de vivre une forme toute particulière d'impuissance. En temps normal, il eût trouvé répugnant de tromper son ami Mario avec sa femme. Mais si elle avait insisté, comme elle le faisait maintenant, il l'aurait peut-être fait. Après tout, il n'était pas marié avec Mario. Et il faut bien faire attention de ne pas arriver dans l'autre monde avec cette pensée cuisante: «J'aurais dû!»

— Jean-Pierre, j'ai envie de te caresser... J'ai envie que tu me caresses... Jean-Pierre, pourquoi tu me regardes comme ça? Tu me prends pour une folle! Jean-Pierre, dis quelque chose!

Mais il ne disait rien. Dans sa tête, les images défilaient à une vitesse folle, et le reste de son corps était comme un bloc de glace. Aucune réaction, malgré toute la sensualité de cette bouche qui s'ouvrait pour la sienne, malgré la main chaude qui caressait sa cuisse. Maintenant, il avait la certitude que pendant toutes ces années au cours desquelles il avait engrangé: lectures, études, travail, voyages, expériences amoureuses d'intensité variable, il avait raté ou détruit quelque chose... Il était allé trop vite et il n'avait pas vu... Il pensa: «La vie nous détruit en nous comblant.»

— Manon, excuse-moi mais j'ai pas tellement la tête à ça en ce moment...

— Très gentil! Je suis si moche que ça?

— Non! (Insupportable!). Manon, t'es belle, désirable, intelligente, et je suis sûr que tu fais bien l'amour, que ce serait formidable de me retrouver au lit avec toi... Mais c'est vrai, je sais pas ce qui m'arrive...

Offusquée trente secondes plus tôt, Manon était maintenant allumée par ce «cas intéressant» d'un créateur important qui traverse une crise. Elle voulait absolument l'aider. C'était son devoir de femme raisonnable et dévouée qui a la chance de fréquenter «ces gens-là», qui a une bonne formation, qui s'assume, etc.

— Dis-moi ce que c'est, je t'en prie... Ça me ferait tellement plaisir de t'aider à voir clair... Allons, Jean-Pierre...

— C'est trop compliqué...

— Jean-Pierre, pourquoi tu me fais ça?

Alors, comme quelqu'un de très connu il pensa: «Femme, qu'y a-t-il de commun entre toi et moi?» N'était-ce pas bizarre, cet acharnement des femmes à vouloir l'aider, le soutenir, lui qui venait soudainement de comprendre qu'il était seul et qu'il n'y avait rien à faire contre cette solitude! Imaginez un morceau de granit de cinquante mille tonnes, gros comme une maison. Au cœur de cette masse de granit, une petite perle grosse comme un pou. Cette petite perle, ce pou asphyxié, c'est la conscience de l'être humain. C'était comme cela, à peu près, que Jean-Pierre voyait sa solitude...

— Il faut absolument qu'on écrive ce scénario, dit Mario en revenant de la salle de bains.

— Si t'es d'accord, je vais retourner voir Bernard pour essayer de le convaincre.

— O.K. De toute façon on devrait l'écrire quand même, parce que c'est une maudite bonne idée. Si Bernard en veut pas, tu pourras toujours le vendre à un autre producteur.

— Peut-être...

— Comment ça! Peut-être! Es-tu fou! Aujourd'hui, n'importe quel producteur voudrait t'avoir comme réalisateur!

— Aujourd'hui, peut-être. Demain, c'est pas sûr...

Les deux hommes se serrèrent la main, et Jean-Pierre se trouva devant Manon qui lui tendait la joue de la façon la plus innocente du monde, comme s'il ne s'était rien passé entre eux. Ses lèvres effleurèrent la peau douce, parfumée, moelleuse, chaude, pleine de promesses... inutiles...

— Au revoir Manon.

— Au revoir Jean-Pierre. Bonne chance.

La voix de Manon était chaleureuse, fraternelle, joyeuse, comme la main d'une maman qui tient la menotte de son enfant pour l'aider à faire ses premiers pas. Jean-Pierre sortit sans la regarder, effrayé par tout ce qui se cachait de richesse et de beauté dans le corps et le cœur de cette femme. Comme s'il l'avait vue, ce jour-là, pour la première fois...

Il Faut Le Tuer

Tout allait bien pour le dernier film de Jean-Pierre. Une semaine après la première, les journaux étaient encore pleins de photos et d'articles louangeurs, on parlait de sélection pour Cannes, de prix internationaux, de distribution à Paris, etc. Le cinéma québécois donnait l'impression qu'il allait enfin pouvoir faire le saut dans l'arène internationale.

Inconnu la veille, le distributeur du film paraissait à la télévision et donnait son avis sur les politiques souhaitables ou nécessaires du ministère des Affaires culturelles. Bernard Galipeau, le producteur, était interviewé lui aussi, se pétait les bretelles tout en jouant les humbles, entouré de vedettes féminines qui ouvraient grande la bouche pour avaler l'objectif de la caméra... Dans les petites marmites, les bouillons paraissent toujours plus gros.

Chez lui, Jean-Pierre passa presque une semaine affalé dans le fauteuil de son bureau. Il n'était plus là pour personne, ni pour Marielle, ni pour ses deux enfants. Il était au fond de sa conscience, là où il fait terriblement noir. Il rampait, s'écorchait les mains sur des souvenirs qui dataient de quelques siècles, pleurait en silence, riait parfois, bondissait dans le futur, retournait dans le passé, tout cela sans changer de visage, regardant droit devant lui, l'air égaré, perdu, mort.

De temps en temps, Marielle frappait discrètement à sa porte, ouvrait timidement, le regardait, désolée, triste à mourir.

— Jean-Pierre, y a quelqu'un de la télévision qui te demande au téléphone pour une entrevue.

— Je suis pas là...

Quand Marielle était à son bureau, il branchait le répondeur et les messages s'accumulaient. Le soir, sa femme revenait à la charge, doucement, implorante, le suppliant de lui dire ce qui le minait par en dedans.

— Si c'est la crise de la quarantaine, c'est rien de grave, tout le monde passe par là...

Abandonnée à toutes les suppositions imaginables, il arrivait parfois à Marielle de culbuter dans la naïveté, et alors Jean-Pierre ne pouvait retenir un grognement de rage qui la faisait fuir. «La crise de la quarantaine», vraiment! Bien sûr, depuis le soir de la première ils ne faisaient plus l'amour, mais Marielle était courageuse, encore amoureuse de son mari, capable de générosité, de passer par des «arrangements», n'importe quoi qui aurait pu redonner le goût de vivre à Jean-Pierre, car le pauvre avait l'air, à ce moment-là, de déraper vers son cercueil.

— Si t'as une maîtresse et si c'est ça qui te complique la vie, tu peux m'en parler... On est assez adulte pour traverser ce genre de difficulté.

Il la regarda longuement, impassible, puis il laissa tomber:

— Marielle, je t'aime beaucoup mais tâche de pas faire comme toutes les bonnes femmes ordinaires qui voient rien d'autre que ce genre de problème pour un homme marié!

— Je suis pas une bonne femme pis tu le sais! Mais comment veux-tu que je réagisse?

Pour la première fois depuis le début de l'impasse, elle s'effondra. Des sanglots, des larmes, des reniflements, des gémissements... Tout le cortège de la douleur morale... Pour Jean-Pierre, il n'y avait rien d'émouvant dans ce dégonflement. Les outres crevées lui répugnaient. Liée à l'explosion de la souffrance, il y a une laideur qui l'avait toujours agacé.

Scipion?... Non, Caton. Caton le «censeur»...? Non, Zénon! Voilà, c'était Zénon qui était à l'origine du stoïcisme... Quand? Avant Jésus-Christ, à la fin du quatrième siècle avant Jésus-Christ. Marielle pleurait, reniflait, s'essuyait les yeux, mais il y avait toujours de nouvelles larmes qui montaient. Elle était laide... Non, pas vraiment laide mais sa beauté subissait une épreuve, un peu comme un tableau que des vandales lacèrent ou salissent avec des excréments... Alors, Zénon? Oui, Zénon qui enseignait sous un portique... (stoa, en grec: portique. C'est de là que vient le mot *stoïcisme*). Ça, c'était l'héritage de son père, qui le bourrait de citations latines, grecques ou françaises... Or en regardant Marielle pleurer, il se souvint d'un mot d'Épictète, disciple de Zénon: «Supporte et abstiens-toi.» C'était encore une fois son père, le salaud, qui lui avait mis cette consigne dans la mémoire. Et pendant des années il l'avait fait sienne, se refusant à montrer ce qu'il ressentait. Maudite pudeur! Ainsi, le manque de pudeur qui permettait à Marielle de pleurer l'agaçait, lui paraissait laid, indécent, nauséeux... Du vomi!

Fermé, toujours aussi bloc de granit, il la regardait sans dire un mot. Puis il y eut un bruit fracassant. Elle se mouchait pour la dernière fois. C'était fini.

— Excuse-moi, Jean-Pierre... Excuse-moi... Mais tu me comprends, j'espère?

— Oui, je te comprends... C'est la résistance qui te fait défaut.

— Quoi! Ma résistance! Viarge! (Pourtant, elle n'avait pas l'habitude de jurer...). Qu'est-ce qu'il te faut, comme résistance? Tout le monde est à bout autour de toi... Les enfants savent plus s'ils ont un père, je sais plus si j'ai un mari, tu veux plus voir personne, tu mets la carrière de ton film en danger en restant enfermé, en repoussant tout le monde de la presse écrite ou parlée!

Pour la première fois depuis leur mariage, Marielle criait. Et c'était d'autant plus désagréable qu'elle était à côté de la coche. Tout entier à son problème, Jean-Pierre ne voyait pas que si elle criait c'était par amour pour lui. Installé depuis le soir de la première, le malentendu persistait. Car s'il ne répondait pas, elle ne pouvait en déduire qu'une chose: il ne l'aimait pas.

— Jean-Pierre! (Le cri du cœur). Je suis ta femme! On vit ensemble depuis presque vingt ans (dix-huit en réalité), pis si on vit ensemble c'est pour se soutenir moralement, physiquement, intellectuellement, tout... Pourquoi tu refuses de me parler?

— Je refuse pas... Ça sort pas... C'est trop compliqué...

— C'est ça! Dis que je suis pas assez intelligente pour comprendre!

Venant d'une femme aussi intelligente que Marielle, ce genre de phrases toutes faites le rendaient malade. Il sortit sans ajouter un mot. «Quand je parle, je dis des choses qui l'emmerdent...»

Il se retrouva dans l'escalier qui menait au bureau de Bernard Galipeau, son producteur, pour un face à face qu'il redoutait parce qu'il le savait décisif. Au fait, s'il était resté enfermé comme une larve dans son cocon pendant une semaine, n'était-ce pas parce qu'il avait peur de revoir Bernard? Et pourquoi avait-il peur? Sans doute parce qu'il s'en allait vers une rupture et qu'il le savait.

Monsieur le producteur était occupé, comme tous les producteurs de films, qui sont toujours au téléphone, «en ligne avec Paris», ou en réunion, ou en visionnement, ou en conseil d'administration... Il n'y a pas un ministre qui peut se vanter d'être plus bouffé par le travail qu'un producteur de films. Jean-Pierre dut attendre, d'autant plus qu'il s'était pointé au bureau sans rendez-vous.

Assis en face d'une secrétaire qui tapait à la machine tout en répondant au téléphone, il laissa couler le temps sur lui pendant une dizaine de minutes, sans écouter, sans voir, les yeux posés sur une chaise insignifiante, chromée. Puis, le temps s'étant arrêté de couler, il se mit à peser sur lui.

— Mademoiselle, dites à Bernard que je suis pressé.

Elle avait de beaux yeux, la secrétaire. Elle le regarda un petit instant, incertaine, troublée, inquiète, implorante, tout cela en même temps qui voulait dire: «Ne me demandez pas ça je vous en prie, je vais me faire engueuler...» Puis elle

60

décrocha le téléphone et appuya sur une touche qui venait de s'allumer.

— Excusez-moi, Jean-Pierre est pressé...

Elle raccrocha tout de suite et la tête de Bernard apparut entre le chambranle et la porte. Jean-Pierre le trouva laid.

— J'en ai pour cinq minutes, O.K.?

L'œil plutôt hostile, Jean-Pierre ne dit rien, et au bout de quelques secondes d'attente, la tête disparut derrière la porte.

Où était-ce? Quel âge avait-il? Il ne le savait pas encore. En lui, il n'y avait que la sensation. Les images circonstancielles n'étaient pas là. Mais la sensation, elle, la poussée de l'émotion, était troublante, semblable à un gros nuage enroulé puis déroulé, tordu, emporté par un vent de tempête. La chose, c'était un face à face terrible, avec son père, bien sûr. Mais il avait refoulé tout ça depuis longtemps.

La porte du bureau de Bernard s'ouvrit et... Voilà! C'était à l'université Laval. Pour lui parler entre hommes, son père l'avait fait venir à son bureau, au lieu de lui parler à la maison. Parce que c'était trop grave.

Bernard avait des problèmes:

— L'industrie du cinéma canadien est en danger...

— Elle a jamais été en très grande santé, il me semble, dit Jean-Pierre. On balbutie depuis cinquante ans...

— Oui mais là c'est sérieux. Le gouvernement pourrait bien nous enlever le «tax shelter»!

«Bon, encore une connerie des politiciens», pensa Jean-Pierre tout en montrant un visage fermé à Bernard, lui qui sollicitait un cri de protestation de la part de son collaborateur le plus important.

— Tu te rends compte? Tu te rends compte? C'est la fin! Je te le dis, c'est la fin!

— Il me semble qu'on trouve toujours le moyen de produire n'importe quoi... Il suffit de le vouloir.

À bout de nerfs, Bernard faillit avaler son stylo.

— Jean-Pierre, ça fait vingt-cinq ans que je me bats pour qu'on finisse par sortir des limbes, comme producteurs de films...

Vingt-cinq ans plus tôt, la voix de son père résonnait dans le sinistre bureau de l'université Laval et c'était pour dire à peu près la même chose: «Ça fait quinze ans que je me bats pour faire de toi un homme!»

— Papa, je quitte l'université... J'en ai plein le dos... Je m'en vais à Montréal...

— Quoi! J'ai fait tous les sacrifices nécessaires pour que tu puisses faire une belle carrière, pour que tu sois un professionnel!

Il le regardait, désolé mais impuissant... Au même instant, il se souvenait de leur première brouille sérieuse, à propos d'un vers de Mallarmé:

«Et l'unique cordeau des trompettes marines.»

— Le plus beau vers de la langue française, mon fils!

— Ah! Oui! Mais ça veut rien dire!

— Jean-Pierre, un beau vers, ça veut toujours dire quelque chose!

— Papa, la forme c'est pas le fond, et vice versa...

— Écoute, quand tu seras capable d'en faire autant, on en reparlera...

Deux jours plus tard, Jean-Pierre était allé montrer «son» poème au vers unique à son père:

La Vie

Les amoureux poissons de l'étang perforé.

— Qu'est-ce que c'est que ça?

— Un poème que j'ai écrit...

— On joue au petit Mallarmé!

— C'est pas un jeu. C'est un poème qui a plus de sens que son unique cordeau de trompettes marines, parce qu'il est chargé d'un grand symbole... Tu vois pas?

— Je n'ai jamais vu que des poissons pussent être amoureux, et un étang ne peut pas être perforé, parce que c'est naturel, c'est un petit lac, ce n'est pas troué...

Que de mauvaise foi! C'était ignoble! Quand il avait trouvé ce vers pour exprimer la tragique illusion de l'être humain qui se berce dans un bonheur et un plaisir relatifs pendant quelques instants, pour se dessécher ensuite parce que le liquide sera pompé par la mort, Jean-Pierre avait eu la certitude qu'il était un créateur. «Je suis un poète. Pas un poète qui fait des vers, mais un poète au sens large... Ce que je fais, personne d'autre ne peut le faire...» Ainsi, mis au défi par son père quelques jours plus tôt, il était tout fier d'aller lui présenter son œuf. Mais le vieux ne voyait pas, ou ne voulait pas voir.

Maintenant, ce souvenir lui remontait à la mémoire devant son père qui hurlait parce qu'il voulait quitter l'université.

— Qu'est-ce que tu veux faire?

— Je m'en vais à Montréal.

— Qu'est-ce que tu vas faire là? (Québec est une si jolie ville!).

— Du cinéma...

Le vieux était tombé sur son fauteuil à bascule, congestionné.

— Tu n'as pas le droit d'abandonner tes études, après tous les efforts que nous avons faits, ta mère et moi, pour que tu deviennes quelqu'un!

— Papa... Excuse-moi, mais ce que tu dis est ridicule! Est-ce qu'on devient quelqu'un parce qu'on a des diplômes universitaires? J'ai des professeurs qui ont des doctorats. Pourtant, ce sont des hommes bornés...

— J'ai un doctorat!

— Je parle pas de toi, papa! Toi je te respecte...

— Si tu me respectes, écoute mes conseils!

— Ça n'a rien à voir... J'ai quelque chose à faire dans la vie, et c'est pas avec un diplôme universitaire que je vais le faire... Tu te souviens, il y a quelques années, j'ai écrit un poème que tu as trouvé ridicule? «Les amoureux poissons de l'étang perforé»...

— Et alors? Qu'est-ce que ça vient faire ici?

— Ça vient faire que moi je suis parti de là et que je continue mon chemin...

C'est à ce moment-là que dans les yeux de son père il avait lu la détresse, l'obligation d'accepter la défaite.

— Fais donc ce que tu voudras... Va-t-en...

Il était sorti sans lui tendre la main, pour le revoir seulement dix ans plus tard... dans son cercueil... Bernard, lui, se débattait avec le financement du prochain film de Jean-Pierre, qui lui disait:

— J'ai vu Mario, et il est d'accord pour écrire *La Roue Dentelée* avec moi... Lui aussi, il trouve que c'est une bonne idée...

— Mais vous êtes tombés sur la tête, maudite marde! Il est pas question que j'aille faire rire de moi à Téléfilm et à la SOGIC avec une idée de fou pareille! NO WAY! On a déjà assez de problèmes comme ça, pas la peine de faire exprès...

Bernard s'arrêta, au bout de son rouleau. C'était le mur. Pour lui, le projet de Jean-Pierre était tout simplement de la merde, de la folie, de l'irresponsabilité, mais il ne trouvait plus les mots pour le dire. C'était tellement évident! Comment un homme intelligent comme Jean-Pierre pouvait-il s'entêter à ce point!

— Bernard, tu me déçois beaucoup...

— Désolé de te décevoir mais il faut bien que je t'empêche de faire une bêtise... Si je te dis oui, je fais une bêtise moi-même... Tu fais une bêtise et c'est moi qui paye... Quand quelqu'un fait de la merde, au cinéma, ça salit tout le monde, tu le sais bien...

— Dans ce cas-là, y a pas grand-monde de propre au Québec! On fait surtout de la merde, depuis qu'on tourne...

— Y a quand même des exceptions! Ton dernier film, par exemple... Pourquoi tu fais pas quelque chose sur les jeunes? C'est intéressant, ça, les jeunes qui deviennent presque réactionnaires... Ils veulent se marier, faire des enfants, avoir la paix... Là, tu serais à l'avant-garde... Mais ton projet de roue dentelée, ça ressemble à de la mythologie de basse-cour, à du Herzog de troisième ordre... *Fitzcarraldo*, ç'a été tourné, vieux, laisse tomber...

— Bernard, comment peux-tu m'abandonner comme ça?

— Mais... heu... Je t'abandonne pas! Je te demande seulement de trouver un autre sujet pour ton prochain film, c'est tout.

Jean-Pierre se rendit compte, après coup, qu'il venait de

parler comme un personnage historique passablement important, celui qui a dit, au moment où les choses n'allaient plus très bien pour lui:

«Père, pourquoi m'avez-vous abandonné?»

Il pensa que son inconscient lui avait joué un tour, mais en réalité son inconscient était d'une logique absolue. Alors il éclata, ce qui était aussi logique que la paraphrase de la Bible, puisqu'il était allé voir Bernard dans le but secret d'éclater.

— Et qu'est-ce que ça veut dire, trouver un autre sujet, bonyeu? Qu'est-ce que c'est si c'est pas du lâchage, hein? Es-tu producteur de films, oui ou non?

— Ben... énerve-toi pas... Je suis producteur, me semble que c'est évident...

— Et comme producteur de films, avec quoi tu fais ton argent?

— Ben, en trouvant du financement avec les compagnies, les banques, Téléfilm, etc. C'est un travail de bœuf! Il faut pousser sur des murs du matin au soir...

— Va chier!

Bernard tomba sur le cul. En quelques secondes, il passa du blanc au rouge, au bleu, puis de nouveau au blanc pâle, figé... Jean-Pierre s'approcha de son fauteuil pour mieux le dominer, rendant plus aigu l'angle de son regard, pratiquant ainsi une plongée de caméra menaçante.

— Va chier, calvaire! Tu gagnes ton argent avec mes idées pis avec celles de tous les autres qui écrivent pour toi. Qu'est-ce que tu pourrais aller chercher, comme argent, à Téléfilm ou ailleurs, si t'avais pas un texte à proposer? Qu'est-ce que tu pourrais chanter aux investisseurs si t'avais pas un scénario à leur montrer? Rien. Tout l'argent qui te passe entre les mains vient du fait qu'il y a des hommes et des femmes qui ont des idées et qui écrivent pour toi. Sans scénario, la plus grande vedette du monde n'a aucune valeur. C'est vrai que tu travailles, que tu te débats, mais sans nous, les auteurs, t'aurais même pas l'occasion de te débattre! As-tu déjà pensé à ça, monsieur le producteur de mes deux?

— Jean-Pierre, je comprends pas pourquoi tu te mets dans des états pareils!

— Justement! Le fait que tu comprennes pas est la preuve que j'ai raison d'être en tabarnac! Je t'ai apporté une idée. Tu la trouves pas bonne. Tu pourrais peut-être essayer de la défendre, ou en faire part à d'autres, avant de la balancer comme si j'étais le premier venu... Moi, j'y crois, à mon idée. Tu la veux pas, mange de la marde! Trouve-toi un autre réalisateur-scénariste. Salut!

Bernard s'aperçut tout à coup qu'il était seul dans son bureau. Entre ses deux oreilles, il y avait un drôle de bourdonnement. C'était le tintamarre de la colère, le tumulte des mots criés par Jean-Pierre, et cela s'étirait comme le remous blanc laissé par les hélices d'un gros bateau, sillage qui disparaît lentement parce que la mer a besoin de calme... Il ne comprenait pas. Non, il ne pouvait pas comprendre l'attitude de Jean-Pierre, avec qui il collaborait si harmonieusement depuis six ans... Alors il sentit une chose étrange l'envelopper, sombre, écrasante, et pourtant invisible. C'était la chape de la solitude, le manteau propre à tous ceux qui peuvent prétendre à une certaine paternité.

Tu Quoque! («Toi aussi!»)

Quel âge avaient ses enfants? Jean-Pierre ne le savait pas exactement. La quinzaine, à peu près... Probablement, sa fille Julie était nubile depuis quelque temps. Mathieu, l'aîné, avait changé récemment. Il fréquentait le cégep, pensait à l'université, parlait peu des filles. Cela le faisait rougir. «Un pudique maladif... Il va se faire avoir», pensait Jean-Pierre. Belle gueule, sympathique, souriant... Le vrai portrait de son père. Mais ils ne communiquaient pas tellement. Jean-Pierre faisait une carrière dans un monde qui ne pardonne pas, qui vous bouffe tout rond. Donc, depuis deux ans environ, Mathieu avait renoncé à sortir de l'enfance avec l'aide de son père. Il tâchait de se débrouiller tout seul, et il y parvenait assez bien. Jean-Pierre, lui, commençait à oublier qu'il avait des enfants. Marielle s'occupait de Julie. Bien...

Après avoir craché sa colère à la tête de Bernard, Jean-Pierre avait ressenti un énorme soulagement, mais au bout d'une demi-heure, la fatigue était venue avec l'apaisement. Il avait marché dans les rues du Vieux-Montréal, et la fraîcheur dégagée par les vieilles pierres lui avait fait du bien. À force de se répéter: «Le salaud, je lui ai dit ses quatre vérités!», il avait épuisé le réservoir de sa colère.

Un bar, deux verres. Et puis rien. Il ne restait plus que la maison. Là, il trouva un message de Marielle sur la table de la cuisine: «Serai en retard pour le souper. Dois voir quelqu'un après le bureau.» Tant mieux!

Les enfants arrivèrent quelques minutes plus tard, burent des boissons gazeuses, travaillèrent apparemment à leurs devoirs, tout cela sans lui poser une seule question. Il ne faisait plus partie de leur petit monde? Déjà! Il eut un drôle de serrement au cœur. «Ils me rejettent! Ils ne m'aiment pas! Je ne suis pas un vrai père!» Il en vint à se demander s'il était normal, puisque tout le monde aime ses enfants, la famille... «La beauté de la famille, la grandeur de la famille, la nécessité de la famille, les liens... Ah! Voilà! Les liens!»

Assis dans son fauteuil préféré, il sirotait son scotch. Les liens... le bonheur d'être uni à quelqu'un... Pourquoi? Parce que l'on confond ces liens avec l'amour... «Or ça n'a rien à voir avec l'amour... L'amour c'est... c'est la négation de tous les liens! Voilà!»

Heureux de sa formule, il remplit son verre de nouveau, fouilla dans le frigo, trouva un rôti qu'il avait à faire réchauffer, entendit les enfants se quereller, puis rire... La soupe était sur la cuisinière et elle avait l'air d'une chose idiote, du moins pour lui, même si elle sentait bon. Onctueuse, il la vit frémir sous l'effet de la chaleur, et sans raison apparente, cela lui fit penser à Céline. «Merde! Je l'ai pas appelée depuis une semaine, pas vue depuis le lendemain de la première... À peine si j'ai pensé à elle... Elle va téléphoner ici pour prendre de mes nouvelles ou pour me faire une scène et je vais avoir l'air idiot devant Marielle... Connerie! Pourquoi la soupe m'a-t-elle fait penser à Céline?» En réalité, c'était le petit bouillonnement qui lui avait ramené la jeune femme à la mémoire, à cause du gonflement... Le gonflement des vaisseaux sanguins qui se produit quand il y a du désir dans l'air... Pourtant, il n'avait pas éprouvé l'ombre d'un désir depuis sa dernière séance avec Céline. Il n'avait pas touché à Marielle non plus. Et comme cette dernière avait un appétit normal, elle commençait à se tortiller d'une drôle de manière...

Il eut l'idée de téléphoner à Céline pour lui dire qu'il pensait à elle, dans le but de la calmer au cas où elle aurait eu envie de faire des folies, mais il eut honte de ce geste mesquin. La vérité, c'est qu'il ne voulait pas la voir, qu'il ne pensait même pas à elle. Il n'avait qu'une chose en tête: son film!

Quand Marielle rentra, il était à table, appesanti par l'alcool, la mâchoire lourde. Elle s'arrêta dans la porte de la cuisine et son œil bleu tomba sur lui, riche de tout leur passé, empreint de douleur à cause du présent, plein de crainte pour l'avenir.

— Tu manges tout seul! Pourquoi t'as pas servi les enfants?

— Ils sont pas venus...

Autrefois, quand les enfants étaient petits et que Marielle rentrait tard, il les faisait manger «comme un bon père moderne, dévoué, qui partage les obligations de la vie conjugale...»

C'était l'époque où il travaillait pour une agence de publicité, la Mc.Mellow & Cow Company, une boîte super sympathique. On s'amusait, dans ce temps-là! C'était encore l'époque de la grande liberté, de l'expansion économique, et l'idée que tous les rêves étaient réalisables n'avait rien de farfelu. Pensez donc! Les Américains venaient de marcher sur la lune, et personne n'avait encore entendu parler du S.I.D.A.... Les écolos commençaient à peine à froncer les sourcils. Alors il fallait vendre à tout prix, et pour vendre on faisait de la publicité. À l'agence, le meilleur inventeur de slogans était un ancien curé devenu anticlérical enragé, qui avait besoin de dire des grossièretés pour se mettre en train.

Jean-Pierre cherchait à se remémorer l'une de ses grivoiseries mais il n'y parvenait pas. Pendant ce temps Marielle le regardait et il la trouvait belle. La belle femme d'âge mûr qui méritait le bel amour physique et la tendresse par-dessus l'orgasme. C'était gênant de la voir comme ça, beauté et force gaspillées. Désolant, mais qu'y pouvait-il?

Alors du fond de ses entrailles il sentit monter un étrange besoin d'éclatement. CASSER! CREVER!

Oui, une scène!

Marielle se servit un grand verre de scotch avant de

s'asseoir au bout de la table. Elle but avec application, sans se presser, attentive à l'effet de l'alcool.

— Jean-Pierre, il faut que tu me parles, sinon je m'en vais. Je fous le camp avec les enfants et tu te démerderas tout seul!

— Je me suis toujours démerdé tout seul et c'est ce que je continue de faire.

— Est-ce que je pourrais te faire remarquer que ton attitude est extrêmement insultante?

— Y a rien d'insultant à essayer de régler ses problèmes sans emmerder les autres.

— Tu me traites comme si j'étais pas assez intelligente pour te comprendre!

Jean-Pierre n'avait jamais pensé à cela! C'était normal, dans la mesure où il pensait surtout à lui, un peu comme tous ceux qui pratiquent un métier de «créateur»...

— J'ai jamais dit que t'étais pas assez intelligente pour me comprendre! cria-t-il. Et elle répliqua sur le même ton:

— Non, mais tu fais comme si j'étais trop conne pour accepter tes états d'âme ou tes histoires de cul! J'en peux plus!

— J'y peux rien! Laisse-moi tranquille!

Tout en répliquant à sa femme, il avait l'impression d'écrire un dialogue qui sonnait faux. «Notre scène de ménage sent le fabriqué... On dirait que je me retiens...» Alors il se demanda ce qui pourrait faire vrai, dans leur querelle. Rien de plus vrai que les chicanes à propos d'une maîtresse. Son besoin de casser avait là une piste intéressante à exploiter, mais il ne pouvait pas lui dire ça de but en blanc: «Écoute, Marielle, j'ai une maîtresse. Ça fait longtemps que je veux te le dire mais j'osais pas...» Non, il fallait monter la scène! Mais ça ne venait pas. La mayonnaise ne prenait pas!

Ainsi, une fois de plus, il se regardait se regarder, et c'était probablement ce qui le rendait faux, alors qu'il était en état de crise aiguë, donc absolument sincère. S'il criait, comme il venait de le faire: «J'y peux rien! Laisse-moi tranquille!», il disait la vérité, mais il avait le sentiment que cette vérité n'était qu'un squelette. Son cri ressemblait à une fuite et cela l'agaçait.

— Qu'est-ce que t'as fait aujourd'hui?

— Tu m'as jamais posé cette question-là?

— Mieux vaut tard que jamais.

— Tu penses que j'ai été baiser ailleurs?

— Je pense rien. Je te demande ce que t'as fait.

— J'ai été voir Bernard, mon producteur... mon ex-producteur, parce que je l'ai engueulé... Je suis parti en claquant la porte. Il faut que je m'en trouve un autre.

— Ça va être facile, avec le succès de ton dernier film... Mais j'ai pas l'impression que c'est ça ton problème. Le lendemain de la première, t'avais déjà la gueule d'un homme qu'on serre à la gorge, et Bernard était encore avec toi à ce moment-là. Alors je te prie de me dire ce que tu as... Il y a quelque chose qui te travaille, comme un cancer qui ronge la chair, comme un ver qui mange un fruit, comme un virus qui suce les neurones, et je veux savoir ce que c'est!

Marielle avait commencé sa phrase sur un ton normal mais en cours de route, grisée par le rythme et le sens des mots, sa colère s'alimentant à elle-même comme un feu à ses propres gaz (tout comme cela se passait avec la tapette Charlus), elle avait donné du coffre et terminé «au sommet de ses poumons», comme le disent les Anglais. À pleine voix! Sa belle voix d'avocate plaidant une cause désespérée devant un juge partisan, plus partisan que le Dieu des chrétiens qui s'acharne à donner de la merde aux pauvres...

Tout en l'écoutant, Jean-Pierre appréciait son talent et il pensait aux belles années de son passage à la Mc.Mellow & Cow Company, le «travail dans la joie», les slogans drôles qu'il avait inventés mais que son patron avait refusés parce qu'ils étaient grivois, à Céline qu'il négligeait malgré lui, et tout cela lui parut si complexe, devant Marielle qui était si normale, si vraie, si belle et tellement à sa place dans son rôle, qu'il eut honte d'être là, mari, père, réalisateur, «créateur». Alors il dit:

— Tu vois, j'ai pas été voir une maîtresse aujourd'hui... J'ai essayé de convaincre Bernard... C'est la semaine dernière que j'ai été baiser avec Céline... Mais c'est fini.

Marielle se laissa tomber sur sa chaise. Enfin, il avouait!

— Pauvre Jean-Pierre! Tu te crois supérieur! Mais tu te laisses charrier par une paire de fesses, comme n'importe qui. C'est ridicule...

Marielle était une «grande fille», mais tout de même... Il n'est jamais agréable d'apprendre que son mari a une liaison. On sait bien que tous les hommes sont pareils, qu'ils sont tous exposés aux mêmes accidents... Même les moins beaux, même les obscurs! À plus forte raison un homme comme Jean-Pierre... Mais l'épouse aussi est pareille à toutes les autres: elle s'imagine toujours que «son» mari ne lui fera pas ça. Ce qui revient à dire: «Pas moi! Je ne mérite pas ça!» Il y a décidément quelque chose de bébête dans l'amalgame orgueil-jalousie...

Donc, Marielle souffrait, malgré son âge, malgré toute sa force, malgré les longues années de mariage, c'est-à-dire l'habitude. Jean-Pierre était «son» Jean-Pierre, le père de ses enfants, et ils avaient tout pour être heureux. Alors pourquoi? Comme toutes les autres elle demanda:

— Pourquoi, Jean-Pierre?

C'était une question idiote mais il y en a, comme ça, qu'on laisse échapper malgré soi. Jean-Pierre n'était pas en état d'entendre une niaiserie pareille. Pourquoi avoir une maîtresse? Aussi bien demander pourquoi l'eau coule dans une rivière!

— Décidément, Marielle, t'es pas mieux que toutes les bonnes femmes que je connais!

Mais il éclata de rire parce qu'au même instant un souvenir bondissait dans sa mémoire. C'était au temps de la Mc.Mellow, et son collaborateur l'ancien curé avait voulu fabriquer un «story board» publicitaire avec l'idée suivante:

HAUTE TECHNOLOGIE
La divinité a-t-elle un sexe?
Oui.
Ah! Oui!
Oui. Je lui en ai posé un et j'ai couché avec elle.
ÇA MARCHE!

Ils en avaient ri pendant une bonne heure. Mais le temps avait passé là-dessus comme sur le reste. Maintenant il était devant Marielle qui souffrait parce qu'il l'avait trompée, alors qu'il souffrait, lui, de quelque chose d'innommable.

— Jean-Pierre, c'est pas ma faute. Ça fait mal, c'est tout.

— Moi aussi ça me fait mal...

Elle ne lui laissa pas le temps de dire qu'ils ne parlaient pas de la même chose.

— Jean-Pierre, il me semble qu'on a vécu assez longtemps ensemble et qu'on est assez intelligent pour se comprendre... Si seulement tu voulais parler... Veux-tu qu'on se sépare pendant un bout de temps... le temps de vivre ton histoire avec Céline?

— Es-tu folle! Céline a rien à voir avec mes problèmes! Vas-tu finir par comprendre!

— Mais, pauvre idiot, comment veux-tu que je comprenne quoi que ce soit? Tu dis rien!

Elle avala une longue gorgée. Maintenant ils étaient ivres tous les deux. Sans trop réfléchir il laissa tomber:

— J'ai le cancer...

Marielle resta bouche bée pendant un bon moment, puis elle se jeta sur lui avec tout son amour et toute sa compassion:

— C'est pas possible! Non! Jean-Pierre! Pas le cancer!

Cruel, d'une cruauté qui le surprit lui-même, il la laissa se débattre dans sa douleur, un peu comme un homme qui coupe le cou d'une poule et qui la laisse bondir et rebondir en faisant gicler son sang, battant des ailes. En écoutant Marielle gémir, il pensait justement à la poule décapitée, et il se disait que c'était la meilleure image du désespoir. Mais il pensait aussi que les lamentations de sa femme avaient moins de poids qu'un silence plein de dignité.

— J'ai le cancer de l'âme, finit-il par dire.

— Quoi!

Marielle retomba sur sa chaise, silencieuse, pitoyable, mais encore belle dans sa douleur. Jean-Pierre se disait qu'à sa place n'importe quel autre homme se fût approché d'elle, l'eût prise dans ses bras, caressée, embrassée avant de l'emmener au lit. Mais lui, il n'avait pas envie de jouer ce jeu. Sortir? Pourquoi faire? S'asseoir, digérer, prendre un digestif, boire encore un peu... un peu trop? Pourquoi pas?

Marielle se mit à parler d'une voix déchirée:

— Jean-Pierre, je veux t'aider. Je suis ta femme, je veux le rester jusqu'au bout, malgré tout, parce que je t'aime... Ça fait longtemps qu'on ne parle plus d'amour tous les deux... On vit ensemble, on mange ensemble, on paye des impôts, on couche ensemble... Au fait, tu continuais à coucher avec moi de temps en temps même si tu avais une maîtresse? On reparlera de ça plus tard... Je veux seulement te dire que je suis avec toi, que je veux t'aider... Tu veux que je t'aide?

Le renoncement de Marielle était si total qu'il se vit dans l'obligation de capituler. Mais il avait honte et par réaction il aurait eu besoin de la rabrouer: «J'ai besoin de personne! Fous-moi la paix!» Or c'était impossible. Marielle allait jusqu'au bout de l'amour, et même au-delà... Elle s'approcha de lui, l'entoura de ses bras en murmurant:

— Mon pauvre homme...

Alors il eut envie de pleurer sur lui-même, car en l'entendant, en sentant sa chair meurtrie contre la sienne, en éprouvant le poids de son corps en voie de vieillissement, il entendit, venant du fond des âges, la mélodie grégorienne du Dies Irae, puis l'autre, encore plus belle: In paradisum deducant te angeli (Que les anges te conduisent au paradis)...

Et l'odeur du cimetière, des cierges autour du cercueil, le trou de la fosse, tout cela composait un tableau si vivant dans sa tête qu'il fut secoué d'un tremblement irrépressible.

Mendier

Une seule chose importait à Jean-Pierre: faire son film!
Parfois, la tentation de la déchéance lui faisait une petite
visite, comme pour le sonder. Se laisser aller, abandonner,
tout lâcher, ne plus se laver, boire plus que de raison, car c'est
un beau cliché, ça aussi, le cinéaste alcoolique, le vagabond
du septième art... Traîner dans les bars, devenir sale, laid,
puant, et finalement tout perdre, abandonné par sa femme et
ses enfants... Clochard cultivé... Non! Non! Non! La tentation s'en retournait, la mine basse. Jean-Pierre était solide.

Il entreprit la tournée des hommes riches, en commen-
çant par ceux qui, apparemment, ne savent pas quoi faire de
leur argent. À Montréal, il y avait bien deux ou trois autres
producteurs de films à qui il aurait pu offrir la succession de
Bernard, mais il décida de s'arranger tout seul. Il pensa à
Thésée, qui, même après avoir livré plusieurs combats
périlleux et remporté la victoire, dut accepter l'aide d'Ariane
pour tuer le Minotaure... Pendant quelques heures, il se
demanda s'il n'était pas en train de commettre un gros péché
d'orgueil... La sagesse approuvait l'audace mais elle condam-
nait la témérité. Oui, il savait tout cela, mais il savait aussi
qu'il était maintenant une espèce de marginal. «Ils me font
tous chier!» Un cri du cœur qui ressemblait à celui d'un
adolescent mais Jean-Pierre avait quand même derrière lui

plusieurs années d'expérience, de luttes, de souffrances et... un peu de succès.

Par l'entremise d'un journaliste qui l'aimait bien, Jean-Pierre se retrouva dans le bureau de monsieur Lapalme, le président d'une compagnie qui fabriquait des équipements de sport. Chiffre d'affaires? Énorme! Monsieur Lapalme était un homme très sympathique, charmant, bien habillé, avec un œil vif d'oiseau qui vole sur les hauteurs. Un vrai chef d'entreprise.

— Je suis très heureux de faire votre connaissance, dit-il à Jean-Pierre en lui serrant la main et en l'invitant à se caler dans un Roche-Bobois très moelleux. Monsieur Lapalme avait vu Jean-Pierre à la télévision et il était fier de l'avoir dans son bureau. Un artiste!

— J'ai pas encore vu votre dernier film, malheureusement, mais je me propose d'y aller bientôt, parce que ma femme m'en parle tous les jours...

— C'est gentil. Merci beaucoup...

— Vous savez, j'ai toujours aimé le cinéma... Et depuis quelques années, les Québécois ont fait beaucoup de progrès dans ce domaine... Vous êtes sur une belle lancée, je pense, bravo!

— Merci... C'est vrai, je crois, répliqua Jean-Pierre avec une certaine assurance, car il avait la certitude qu'il sortirait de ce bureau avec un accord de principe pour une contribution de deux ou trois mille dollars au moins. Et dans sa tête il calculait l'effet d'entraînement sur les autres présidents de compagnies dont il avait les noms dans son carnet et qu'il allait visiter le lendemain. L'affaire était dans le sac! Téléfilm Canada? Tiens! Un bras d'honneur... La SOGIC? Même chose: dans le cul! «Allez vous faire foutre, les fonctionnaires qui ne savez pas lire un scénario!» Jean-Pierre se «privatisait», se voyait devenir le chef de file d'un grand mouvement de débrouillardise!

— Voudriez-vous un café, Jean-Pierre?

— Non, merci, je viens d'en prendre un...

— Alors, si j'ai bien compris, vous voulez me parler de vos projets?

— Oui... J'ai décidé de me débrouiller tout seul, de ne plus avoir affaire à des producteurs... Alors je veux ramasser moi-même les fonds nécessaires pour produire mon prochain film... C'est pour ça que je suis venu vous voir.

— Ça prouve que vous avez beaucoup d'énergie. C'est bien, ça!

— On fait ce qu'on peut...

Décidément, ce monsieur Lapalme était un amour!

— Et, quel est le sujet de votre film?

Sa cause étant gagnée d'avance, Jean-Pierre se lança dans un résumé du scénario qu'il voulait «sincère»... Pas question de dorer la pilule avec un homme intelligent comme monsieur Lapalme!

— Je voudrais faire quelque chose de grand avec une idée toute simple. Parce que la vérité se cache toujours dans les idées simples.

— C'est vrai, acquiesça l'homme d'affaires avec un beau sourire. Et quel est le titre de votre film?

— *La Roue Dentelée...*

Tout entier à son idée, Jean-Pierre ne vit pas les sourcils de monsieur Lapalme prendre la forme de deux points d'interrogation inquiets. Il enchaîna:

— Oui, c'est à cause de l'idée d'engrenage, parce que l'engrenage, deux roues, par exemple, qui tournent, l'une actionnant l'autre, c'est rien du tout à première vue, mais c'est le plus beau résumé de toute la marche de l'univers... Vous voyez? Pour avancer, il faut quitter... Pour gagner un cran, il faut en abandonner un... Moi, c'est quelque chose que je trouve très important... Et pour illustrer ce phénomène, je veux raconter l'histoire d'un couple qui s'embarque dans une chaloupe à Rimouski et qui traverse le fleuve jusqu'à Baie-Comeau... Vous savez qu'à cet endroit, le fleuve est tellement large qu'on l'appelle la mer... Donc, tout le film, c'est cette traversée, qui symbolise la vie, parce qu'ils sont jeunes au départ et quand ils arrivent à Baie-Comeau, ils sont vieux... Ils meurent... Vous voyez, l'histoire de toute une vie ramassée en quelques jours, avec les amours, les chicanes, les réconciliations et tout et tout...

Monsieur Lapalme souriait. Jean-Pierre était content.

— C'est une idée qui m'a l'air assez originale, oui...

— En tout cas, moi j'ai jamais vu quelque chose de semblable au cinéma... Peut-être en Asie, et encore...

— Oui, bien sûr... Je trouve que c'est une idée originale, mais je pense que c'est pas une bonne idée pour faire un film qui va marcher.

Jean-Pierre mit quelques secondes pour se rendre compte de la dure vérité: monsieur Lapalme était un homme affable, mais cette idée «originale» ne le séduisait pas!

— Pourquoi? Mais si c'est une bonne idée, c'est une bonne idée, surtout si elle est originale! C'est tout ce qui nous manque, aujourd'hui, l'originalité... Vous avez compris le symbole? C'est important, les symboles...

— C'est très important, j'en suis sûr, mais si j'investis dans votre projet, il faut que je retrouve mon argent un peu plus tard, étant donné que le «tax shelter» n'existe plus... Donc, je ne peux pas investir si je ne suis pas sûr que votre film va marcher... Et je ne vois pas comment vous pouvez tenir le coup pendant une heure et demie avec seulement deux personnages dans un petit bateau, sans paysage à part la mer, qui est pareille partout dans le monde, qu'elle soit chaude ou froide... Pas d'action, pas de voitures qui se cassent la gueule, pas de violence, rien de tout ce que le public mange gloutonnement depuis des années... Je suis désolé, Jean-Pierre, je trouve que vous avez beaucoup de talent mais je ne peux pas m'embarquer dans votre bateau... À moins que vous me proposiez un autre sujet, je sais pas, moi, de l'amour, une chicane de famille, ou du sexe... Ça marche toujours, le sexe...

— Monsieur Lapalme, vous voulez pas me donner ma chance? J'ai besoin de prouver au monde que le cinéma peut traiter de sujets sérieux, peut parler d'autre chose que de sexe et de violence, et surtout, parler au public en employant des symboles, s'approcher de la mythologie... qui ne s'explique que par les symboles, vous le savez... (Monsieur Lapalme ne le savait pas et ne voulait pas le savoir). Par exemple, moi je pense que le cinéma est l'art de la civilisation des loisirs...

Jean-Pierre s'arrêta, se rendant compte qu'il allait lui resservir son vieux refrain sur le cinéma et le rêve, une opinion qu'il avait émise à la radio plusieurs années plus tôt, mais dont personne ne s'était soucié.

Jean-Pierre avait eu raison de se clore le bec, car monsieur Lapalme commençait à le trouver présomptueux, prétentieux et ennuyeux, pour ne pas dire ridicule... «Tous pareils, les artistes.»

— Vous avez quand même la parole facile, mon cher Jean-Pierre, et je vous souhaite bonne chance... Je suis très heureux d'avoir fait votre connaissance, et je suis désolé, croyez-moi, de ne pas pouvoir m'associer à votre projet.

Monsieur Lapalme s'était levé, signe évident qu'il désirait le départ immédiat de ce quémandeur embarrassant. Poli, il lui tendait la main. Jean-Pierre sortit de son rêve et s'aperçut qu'il était congédié. Il se leva comme un automate, fit mine de ne pas voir la main tendue et sortit du grand bureau sans voir les «symboles» de richesse qui s'y trouvaient: tapis moelleux, moulures délicatement travaillées, tentures lourdes, cendriers griffés, lampes d'un goût exquis, sans oublier un original de Marc-Aurèle Fortin accroché au mur. Monsieur Lapalme aimait les valeurs sûres... Au revoir Jean-Pierre.

Mais il savait que dans ce métier il faut être tenace, coriace, dur de carapace.

Jean-Pierre alla donc voir un autre industriel, monsieur Langelier, après avoir attendu un rendez-vous pendant quatre jours. Or monsieur Langelier aimait les films pornos. Il aurait investi dans un projet qui eût compris plusieurs scènes de «vrai» baisage, au tournage desquelles il aurait eu le droit d'assister... C'était un vieux phantasme qui le travaillait depuis des années: voir une femme se faire pénétrer sous l'œil de la caméra, avec positions étudiées et tout et tout... Alors évidemment, deux tourtereaux dans une chaloupe, ce n'était qu'une idée d'intellectuel détraqué, vouée à l'échec.

C'est à ce moment-là que Jean-Pierre se rendit compte d'une chose curieuse. Depuis le fameux soir où il avait éclaté en sanglots, sa vie s'était divisée en séquences, comme un film, et à la fin de chacune de ces séquences, il y avait un souvenir qui remontait à sa mémoire, quelque chose qu'il avait vécu dans le passé et qui avait un rapport avec sa vie présente. Il était en train de vivre selon un procédé littéraire, comme un homme qui «vit» un roman!!!

Or pour la fin de la dernière séquence, aucun souvenir ne lui venait automatiquement à l'esprit. Il se dit qu'il aurait dû penser à un moment de sa vie où il avait été ridicule, mais il ne trouvait rien. «C'est idiot! Il m'est certainement arrivé d'avoir l'air d'un con quand j'étais jeune... Ça doit être parce que je ne l'admets pas, par orgueil... Je suis un sale orgueilleux!» Il s'acharna, fouillant dans ses souvenirs, cherchant une bonne brûlure, la honte, la gêne, la misère noire de l'ego... Et tout à coup, en essayant de recréer artificiellement cette sensation de brûlure (il ne trouvait pas d'autre mot) créée par le ridicule, l'événement se présenta à sa mémoire.

C'était au collège, à l'époque où il écoutait souvent l'opéra *Faust* de Gounod, trop jeune encore pour sentir le côté gnangnan de cette musique et la pauvreté de ce texte délavé comparé à celui de Goethe. Or il y avait au collège un père Jésuite qui parlait un peu l'allemand. Et parmi les élèves, il y avait un premier de classe, une figure de faux prêtre qui faisait tout à la perfection, qui s'intéressait aussi aux langues étrangères autres que l'anglais. Un jour les deux marginaux se croisèrent en présence de Jean-Pierre et commencèrent à échanger des propos sur *Faust*. Il les écouta pendant une petite minute, puis il crut bon de mettre son grain de sel dans la conversation en émettant une opinion sur le *Faust* de Gounod. Or les deux horribles «savants» parlaient du texte de Goethe, et ils continuèrent à converser sans daigner descendre jusqu'à lui, sans lui accorder la moindre attention! Il s'éclipsa dans le long couloir aussi rapidement que possible, maudissant son ignorance. Avait-on idée, aussi, de lire un poète allemand dans le texte!

Mais à partir de ce moment-là, Jean-Pierre décida de ne plus diviser sa vie en séquences, de refouler ses souvenirs. Il fallait aller de l'avant!

Le Temps de Penser

Un beau matin Jean-Pierre s'éveilla avec la sensation d'être imprégné d'une étrange certitude. Cela se manifesta de la façon suivante à son esprit: le temps est l'espace parcouru par la pensée pendant qu'elle travaille à se déblayer un chemin à travers ses propres élucubrations.

Il passa un bon moment à tourner autour de cette chose qui s'appelait une définition (celle qu'il avait trouvée de la grandeur lui revint aussi en mémoire), et il finit par conclure qu'il commençait probablement à percevoir les choses d'une façon plus ou moins «orientale». C'est-à-dire, la perception directe, totale, qui provient de la connaissance intuitive, celle qui se moque de la déduction et de tout ce qui est empirique. Sa définition du temps était sans doute une paraphrase d'un auteur qu'il avait lu dans le passé et qu'il avait digérée lentement, comme tout ce qui est trop dense. Pendant quelques secondes, il fut effleuré d'un doute: si cette définition du temps était juste, elle signifiait que pour arrêter le temps, il fallait cesser de penser. C'était à la fois impossible et trop facile. Il se promit d'y repenser plus tard.

Il s'était écoulé un «certain temps» depuis ses visites aux hommes d'affaires à qui il avait demandé d'investir dans son projet de film. Du temps au cours duquel il avait continué à oublier Marielle et ses enfants. Ces derniers avaient d'ailleurs décidé de faire de même. On le laissait tranquille dans son coin.

Il avala du café, mangea deux ou trois toasts et se rendit chez Mario qui fut très heureux de l'accueillir pour travailler au scénario. Jean-Pierre constata avec plaisir que Manon n'était pas à la maison. La sainte paix de ce côté-là... Il avait assez de traîner le poids de sa lâcheté envers Céline, à qui il n'avait pas encore téléphoné... Tous les jours il se promettait d'aller la voir mais il était tellement occupé à ne rien faire qu'il n'y arrivait pas...

— Ça me fait plaisir de travailler avec toi, dit Mario, même si ça me donne pas un sou, mais j'espère que tu te rends compte d'une chose...

— Quoi?

— C'est le scénario le plus difficile à écrire qu'on puisse imaginer...

— Tu trouves?

— Réfléchis deux minutes, bonyeu! Rien dans les mains rien dans les poches... Un gars pis une fille dans une chaloupe pendant une heure et demie!

— Pas pendant une heure et demie! Pendant toute une vie... C'est pas pareil!

— Je comprends, mais pour le public...

— Le public va marcher si on arrive à faire passer l'émotion... Le cinéma, c'est comme le reste, si y a pas d'émotion, c'est ennuyeux, même quand les images sont belles...

Mario savait cela aussi bien que Jean-Pierre, mais il était plus réaliste que ce dernier: tenir le coup pendant tout un long métrage avec seulement deux personnages, c'était un tour de force. Il aurait bien aimé que Jean-Pierre en fût conscient... Pourquoi refusait-il d'admettre cette évidence? La séance de travail était à peine commencée et Mario devait faire un effort pour être sur la même longueur d'ondes que Jean-Pierre.

Comme deux bons scénaristes qu'ils étaient, ils commencèrent par essayer de tracer la courbe des personnages, travail qui se confondait plus ou moins avec la définition desdits personnages.

— Comment tu les appelles? demanda Mario.

— Heu... N'importe comment. Moi, tu sais, les noms...

— Un masculin et son féminin, comme Jean et Jeannette?

— Non! Quand même... Ça serait trop tarte... Il s'agit d'un jeune homme et d'une jeune femme qui représentent le monde en général, tu comprends... Si c'était possible, moi je les appellerais «homme» et «femme»...

— Ouais... dans ce cas-là il faudrait tourner avec des Amérindiens, dit Mario en riant... Mais les noms, c'est pas important pour le moment... Ils viennent de quel milieu, socialement?

Jean-Pierre, une fois de plus, eut envie de répondre: «N'importe quel milieu social»... ou: «Un milieu qui représente tous les milieux...» Autrement dit, pour rester dans le monde judéo-chrétien, il eût fallu les appeler Adam et Ève...

— C'est du monde ordinaire... Il faut que tous les publics se reconnaissent dans le jeune couple. Ils sont jeunes, beaux, sensibles, passablement intelligents, passionnés, amoureux, généreux, etc. Du vrai monde, pas des animaux...

Soudain, Jean-Pierre avait l'impression que cette définition des personnages, travail auquel il s'était toujours astreint avec une rigueur de moine, était quelque chose de vain. Un homme et une femme! Voilà! Tout le reste, c'était des chinoiseries...

Devant Mario qui «réfléchissait», il resta un long moment silencieux, les yeux dans le vague. En tant que cinéaste, il ne fonctionnait plus comme avant... Il en était même à se demander, secrètement, s'il valait vraiment la peine d'écrire un scénario. Lui, il aurait pris un gars, une fille, une chaloupe, et ils seraient partis ensemble vivre la traversée du fleuve avec un caméraman, tellement il avait l'impression de «vivre» cette aventure... Mais il se sentait obligé, devant un homme comme Mario, un «pro», de se conduire de façon classique, responsable. Avant de tourner, on écrit un scénario!

— Donc, deux jeunes gens ordinaires, dit Mario, qui viennent de se marier et qui se lancent dans la vie...

— Pourquoi les marier? demanda Jean-Pierre. Le mariage, c'est un machin de société... On part dans la vie, à deux, sans nécessairement se marier. On s'unit autrement que par le mariage...

— C'est vrai, concéda Mario, qui se trouva idiot de penser encore selon ces vieux schémas...

— En fait, dit Jean-Pierre, la fameuse courbe des personnages, elle est faite d'avance: ils sont jeunes, ils s'aiment, ils se querellent, ils vieillissent, ils meurent en arrivant sur la rive nord.

— C'est assez vrai, dit Mario... Alors parlons du point d'arrivée. Souvent, c'est le meilleur moyen de commencer. Tu veux qu'ils meurent à la fin?

— Ça me paraît évident, oui...

— T'en es sûr?

— As-tu déjà vu une vie se terminer autrement que par la mort?

— Justement! Tout le monde le sait... On pourrait faire une belle fin avec deux beaux vieux qui sont heureux d'avoir vécu. Ça serait moins déprimant pour le monde...

— Mario! Baptême! On n'est pas des travailleurs sociaux! On est des cinéastes... Notre boulot, c'est de raconter une histoire vraie...

— Oui mais ça existe, des vieux qui sont contents de la vie qu'ils ont vécue...

— Ça existe peut-être mais les vieux les plus heureux, les plus laids comme les plus beaux, les plus pauvres comme les plus riches, tous les vieux trouvent ça con de mourir, même s'ils sont une charge écrasante pour la société. Ça, c'est la vérité, et c'est ça que je veux exprimer!

Jean-Pierre s'était enflammé en quelques répliques et il était déjà sur le point de crier. Mario se demanda ce qu'il lui arrivait, trouvant qu'il avait beaucoup changé en deux ou trois semaines...

— O.K., dit-il, faisons-les mourir à la fin. De quelle façon? De vieillesse?

— Ça serait pas mal, les faire mourir de vieillesse, mais ça m'embête un peu. C'est pas tellement dramatique. Et puis la vie est plus bête que ça... La vie est merveilleuse, mais elle est aussi autre chose... Au moment où la chaloupe va aborder à la rive nord, une grosse tempête va s'élever et ils vont être engloutis avec la chaloupe...

Pendant que Mario réfléchissait à cette fin possible qu'il trouvait belle mais un peu forcée, Jean-Pierre pensait à ce qu'il voulait «fabriquer», visuellement, à ce moment-là, mais il ne voulait pas en parler. Son idée était faite.

— D'accord, à la fin, la mer les engloutit... T'as pas peur que ça fasse un peu mélo?

— Ça dépend de la façon dont ça va être fait... Shakespeare aussi, c'est mélo...

— Bien sûr... Donc, ça commence par le beau temps, l'amour, puis, petit à petit...

— Oui, comme dans la vie... Ils font l'amour, ils ont un enfant, l'enfant est un vrai problème... Il tombe malade... Il va mourir. L'homme ne peut plus supporter de le voir souffrir et il le jette à l'eau...

— Là tu charges, par exemple! Te rends-tu compte!

— Pas du tout! La meilleure façon de faire souffrir une femme, c'est de la priver de son enfant... Quand la femme est normale, bien entendu...

Jean-Pierre eut un moment de distraction. Il lui passa par la tête qu'à ce moment-là, normalement, il aurait dû avoir une montée de souvenirs au sujet de sa femme... Par exemple, quand l'avait-il fait souffrir? Mais il repoussa cette tentation, car il avait décidé, quelques jours plus tôt, de ne plus se laisser aller à ce procédé de romancier.

Il avait bien raison, car au même instant, Marielle ne demandait qu'une chose, c'était de ne pas penser à Jean-Pierre tout en étant totalement oubliée de lui, car elle était assise sur le bord d'un lit qui n'était pas le sien, et elle enlevait ses bas, pendant qu'un robuste et chaleureux jeune homme enlevait son slip, debout au pied du même lit. Oui, pour la première fois de sa vie conjugale, Marielle allait coucher avec un autre homme que Jean-Pierre. Elle avait décidé de ne pas se laisser mourir de soif. Son mari était dans un autre monde, inaccessible, mais la vie continuait. Rien de grave. Une banalité, comme le boire et le manger...

Marielle avait la certitude que c'était possible, même pour une femme... Une femme comme elle, sensible et amoureuse de son mari... Elle n'eut pas le temps de s'allonger sous le drap pour couvrir sa chair qui n'était plus juvénile. Il était déjà nu et sa hanche, frémissante de jeunesse, était à la hauteur de ses yeux. La main ferme pressa son épaule, et il y avait, dans ce grand corps qui sentait la peau neuve, quelque chose qu'elle eut envie d'appeler le «sourire des muscles»... Pas de tiraillements intérieurs, comme chez Jean-Pierre. Non, seulement l'innocence, la simplicité, la force, mais... à la hauteur de ses yeux, il y avait le membre généreux qui levait la tête, et elle eut juste le temps de décrire ce qu'elle voyait de la façon suivante: «l'éclat de rire des sens». Il se glissa près d'elle puis ils s'allongèrent. Alors Marielle comprit qu'elle n'avait pas à cacher sa différence d'âge: le jeune loup avait faim de toutes les viandes.

Mario n'était pas d'accord du tout avec l'idée du bébé qu'on jette à l'eau. Pendant que Jean-Pierre pensait à Marielle, il se demandait comment il allait pouvoir amener son ami à changer d'idée. Il y eut un long silence, comme si Jean-Pierre avait éprouvé une sensation particulière à ce moment précis, alors que Marielle se donnait à un autre. Mario finit par dire:

— C'est pas possible... Tu peux pas faire ça...

— Quoi?

Jean-Pierre semblait revenir de loin.

— Tu peux pas jeter un bébé à l'eau, bonyeu! Le public va hurler! Tu te rends pas compte!

— Parfaitement, que je me rends compte... Je me rends compte que le fait de tuer l'enfant d'une mère est justement la chose la plus atroce qu'on puisse lui faire endurer, et que, symboliquement, il y a rien qui puisse exprimer de meilleure façon qu'un conjoint est apte à faire mourir sa partenaire de douleur... Je me rends compte aussi, mon vieux, qu'on touche à un problème particulièrement aigu pour les Québécois et tous les occidentaux: la dénatalité, l'avortement, le refus de la vie... Jeter un bébé à l'eau, c'est laisser échapper un grand cri de détresse à la face du monde... Parce que... Parce que...

Les fesses du jeune homme étaient comme deux nœuds d'érable qui emplissaient les mains de Marielle. Elle s'accordait à leur mouvement, ajoutant toute la pression qu'elle pouvait, afin de se mieux faire pénétrer. Les yeux fermés, elle avait complètement oublié que Jean-Pierre lui avait fait du mal. À son tour, elle était dans un autre monde, comme son mari s'était réfugié dans le sien depuis des semaines. Quel bonheur! Mario fit du café, pour essayer de détendre l'atmosphère. Il aimait beaucoup Jean-Pierre, qu'il estimait le cinéaste le plus important de Montréal, et il était fier de travailler avec lui. Mais il se demandait s'il ne lui avait pas demandé de collaborer au scénario seulement par habitude. Il avait l'impression que tout était décidé dans sa tête, qu'il ne changerait rien à ses idées. Avant, il pouvait discuter avec lui, et ensemble, il leur arrivait souvent de défaire une scène puis de la reconstruire à plusieurs reprises de façons différentes. Il leur arrivait surtout d'abandonner des idées qui, au départ, leur étaient apparues comme géniales. Un scénario, ça se construit, ça se fabrique... C'est pas de la poésie surréaliste... Mario avait beaucoup d'expérience et un talent certain... L'attitude de Jean-Pierre le déconcertait.

Quand il revint de la cuisine avec les cafés, Jean-Pierre regardait droit devant lui, dans le vide, apparemment perdu dans son rêve.

— Ton café est toujours aussi bon, Mario... Merci.

— C'est Manon qui m'a montré comment le faire...

Décidément, Jean-Pierre avait un problème: jamais il n'avait parlé du café qu'il buvait, quand ils travaillaient ensemble! Jamais il ne sortait du sujet qui le préoccupait: où allaient ses personnages? Comment devaient-ils se comporter à tel ou tel moment? Est-ce qu'ils étaient **vrais**? Et voilà que tout à coup, dans un moment où il y avait une décision cruciale à prendre, il parlait du café!

— Heu... Jean-Pierre... je voudrais qu'on prenne le temps de discuter un peu de ton idée.

— Laquelle?

— Ton idée de jeter le bébé à l'eau...

— Pourquoi? T'es pas encore convaincu!

— Non... Je suis pas convaincu du tout... Je suis sûr que c'est une erreur.

— Une erreur! Pourquoi ça serait une erreur?

— Parce que le public marchera pas!

— Si le public marche pas, ça pourrait être une erreur de calcul mais ça veut pas dire que ce serait une erreur de notre part. Tout ce qui importe, c'est que l'action dramatique du film soit vraie. Et je te répète que le geste du personnage mari et père qui jette son enfant à l'eau est juste, c'est-à-dire **vrai**, et pour moi c'est tout ce qui compte...

Un long silence, puis:

— À ce moment de leur vie, est-ce que les personnages de ton couple s'aiment encore?

— Bien sûr!

— Comment l'homme peut-il faire une chose pareille s'il aime sa femme et son enfant?

— Tout simplement parce que le mal qu'on fait à l'autre donne du poids à l'amour qu'on lui porte.

Mario ne savait plus quoi dire et Manon rentra, venant de l'université. En voyant Jean-Pierre elle lança son nom dans les airs comme un appel joyeux:

— Jean-Pierre! Ça fait longtemps qu'on t'a vu!

Il l'embrassa sur les joues, mollement, un peu craintif, se souvenant des avances qu'elle lui avait faites trois semaines plus tôt. D'ailleurs pendant quelques secondes il vit le même appel dans ses yeux, et il ressentit, au fond de lui, une espèce de frémissement: comme c'était beau, ce bouillonnement des sens et du cœur, cette germination constante qui ne cesse d'agir sur les vivants comme une effraction! Mais au même instant il pensa que ce n'était plus pour lui. Fini, tout ça...

Manon se rendit compte tout de suite que le couple de travailleurs avait un problème.

— Vous avez l'air drôle tous les deux...

— On se pose des questions, oui, dit Mario.

— Toi, peut-être, mais pas moi... dit Jean-Pierre.

Manon sentit une pointe d'agressivité dans le ton. Elle en fut peinée parce qu'elle aimait beaucoup l'harmonie qui avait toujours existé entre ces deux hommes, son mari qu'elle aimait et Jean-Pierre qu'elle désirait malgré elle. Manon détestait les ruptures d'équilibre.

— Est-ce que je peux savoir ce que vous avez comme problème?

Ils restèrent silencieux, un peu comme deux enfants pris en défaut par des parents qui n'osent pas les punir.

— Je suppose que je suis pas assez intelligente pour comprendre?

— Mais non! dit Mario. On n'est pas d'accord sur une scène et Jean-Pierre y tient mordicus.

Alors Mario expliqua la scène en question à sa femme, dans le but évident de lui faire arbitrer le conflit. Pendant que Mario parlait, elle regardait Jean-Pierre, fascinée par son regard... Oui, il avait changé... C'est dans ses yeux que c'était visible. Elle eut le sentiment que de plus en plus il allait devenir inatteignable.

Quand Mario eut fini son exposé, Manon ne prit pas le temps de réfléchir.

— C'est vrai que c'est horrible, mais c'est formidable, dit-elle en jetant un coup d'œil de défi à son mari.

Puis ils restèrent silencieux un bon moment à se regarder tous les trois, en forme de triangle. Lentement, une certitude s'imposait à l'esprit de Mario: il ne faisait plus partie du monde intérieur de Jean-Pierre. Ce dernier l'avait exclu, sans s'en rendre compte, peut-être, mais il l'avait bel et bien exclu. Mario ne faisait plus partie du scénario, ni pour l'écrire, ni pour le vivre.

— Jean-Pierre, j'ai l'impression que tu peux faire ton scénario sans moi...

— Non, voyons... On a toujours travaillé ensemble! Pourquoi on continuerait pas?

— Parce qu'on n'est plus sur la même longueur d'ondes, toi et moi... Je suis sûr que tout est décidé dans ta tête et que je pourrai jamais te faire changer d'idée... Je le sens... Dans ces conditions-là, je pense que ça sert à rien de vouloir collaborer. On finirait par se chicaner... Mieux vaut se séparer tout de suite, pendant qu'on est encore deux bons amis... Parce que je t'estime beaucoup, tu le sais, et que je t'aime aussi, comme un vrai ami... J'ai été très heureux de collaborer avec toi, jusqu'à aujourd'hui...

Manon ouvrit la bouche pour dire que c'était idiot, qu'ils ne pouvaient pas se séparer comme ça, mais elle resta sans voix, comme devant un accident que l'on trouve tellement idiot que... que...

Marielle enfilait ses bas pendant qu'il remettait son slip. Elle se sentait revigorée par le plaisir dont il l'avait gavée, il se sentait allégé du désir qu'il avait assouvi. C'était parfait! Encore un peu et il eût chantonné, comme on le fait sous sa douche quand on se prépare à faire une bonne affaire.

— On se revoit bientôt? demanda-t-il, avec un rien de suffisance dans le ton. Ce qui était à peine déplacé, car il avait la certitude de l'avoir fait jouir deux fois. Deux sur deux!

— Peut-être... On verra...

Marielle se sentait bien, et elle voulait se sentir bien au cours des jours suivants. Son rêve, à ce moment-là, c'était de voyager sans bagages... C'est donc en souriant, tout à fait à l'aise, qu'elle attachait son soutien-gorge devant lui, car l'angoisse avait disparu avec les secrets de l'intimité.

Les deux hommes s'étreignirent. Contre la charpente massive de Mario, Jean-Pierre se sentit fragile. Puis ils se regardèrent un moment en silence... Jean-Pierre crut bon d'ajouter:

— Je suis désolé, Mario, mais je suis incapable de faire des calculs, même si, un film, c'est aussi une entreprise commerciale... Je l'ai toujours dit: dans le processus de la création, tout calcul est faux au départ. Il faut que je fasse ce que j'ai envie de faire, même au risque de faire hurler le public...

Mario eut un petit signe d'assentiment, puis il quitta la pièce. Jean-Pierre s'approcha de Manon qui avait envie de pleurer. Il la trouva plus belle, plus désirable que jamais. Pour lui, c'était un moment d'exaltation extraordinaire: il partait au front, avec la bénédiction de la beauté. Il l'embrassa sur les joues, doucement...

— Jean-Pierre!!!!!!

90

C'était un appel douloureux, insupportable. Il posa le doigt sur sa bouche, avec tendresse, puis il se tourna vers la porte.

Le charmant jeune homme embrassait Marielle, lui donnait un dernier baiser, et elle se glissait entre les portes de l'ascenseur, le pied léger, le cœur dilaté, le ventre encore chaud.

Dans la rue, Jean-Pierre repensa à ce qu'il avait ressenti en se levant le matin... En effet, pour lui, le temps de penser n'existait plus. Il se sentait en dehors du temps.

Au Bout de la Ruelle

Céline ouvrit la porte sans dire un mot, puis elle recula de quelques pas sans cesser de le regarder. Dans ses yeux, Jean-Pierre voyait un mélange de crainte, d'amour, de passion, de rancœur, mais aussi de tendresse. Il lui vint à l'esprit cette expression qu'il jugea appropriée: tendresse douloureuse. Or il eut peur de la prendre en pitié, ce qui eût été compréhensible mais qu'il refusait en son for intérieur. «Non, je n'ai pas le droit de prendre une femme en pitié... Dans cette bataille que nous menons pour arriver à la connaissance de l'âme, nous sommes tous égaux...» Mais, tout de suite, il se traita de Don Quichotte des pauvres...

— Tu veux t'asseoir? demanda Céline. Il trouva qu'elle faisait un effort pour paraître aussi neutre que possible. Mais il était évident qu'elle était dans un état de tension extraordinaire. Il la trouva belle, aussi belle qu'avant... Avant la brisure.

— Tu veux boire quelque chose?

«Avant», il aurait répondu: «Oui, je veux boire à tes lèvres.» Ils auraient ri, il l'aurait soulevée dans ses bras pour l'emporter sur le lit encore défait. Était-ce si loin, déjà?

— Non, merci, dit-il en s'asseyant sur le divan où il l'avait prise la première fois (il se souvenait exactement de leurs gestes...). Et tout de suite il eut peur de se trouver «mains nues» en pareille circonstance, avec rien à manipuler, rien pour la «mise en scène». Alors il demanda un café, «si tu en as de fait...»

— Oui j'en ai toujours, même qu'il est encore chaud...

Puis elle fut devant lui avec une tasse qui faisait un petit crépitement dans la soucoupe, parce que Céline tremblait d'émotion. Elle savait bien, la pauvre, que c'était la «dernière scène», et qu'elle n'y pouvait rien. Elle savait aussi qu'il était inutile de pleurer, de crier, de se rouler par terre.

— Toujours aussi bon, ton café.

— Merci... Mais j'imagine que t'es pas venu me voir pour me parler de mon café... après un silence de trente-six jours...

— Tu les as comptés!

— Comme n'importe quelle femme à ma place l'aurait fait, tu le sais très bien...

— Tu penses que je devrais savoir ça, moi?

— Fais pas l'idiot, Jean-Pierre! Si y a quelqu'un qui sait exactement comment se comporte une femme amoureuse, c'est bien toi!

— Et c'est vrai que tu étais amoureuse de moi, dit-il d'une voix triste.

Céline fit semblant de ne pas entendre le ton malheureux de Jean-Pierre et elle répliqua avec un début de sanglot dans la voix:

— Pourquoi parles-tu au passé?

Ils restèrent suspendus tous les deux à cette réalité qui allait les faire souffrir: l'amour impossible.

Le silence était lourd, chargé, plein de particules invisibles qui s'entrechoquaient à la vitesse de la lumière. Jean-Pierre aurait voulu dire quelque chose, mettre du baume, adoucir, mais il en était incapable. C'était d'ailleurs la raison pour laquelle il avait tant tardé à lui donner signe de vie. «Je suis lâche moi aussi, comme tous les hommes qui se disent amoureux.» Comme Marielle, sa femme, apprenant qu'il avait une maîtresse, Céline aurait pu lui dire, ce matin-là: «Tu quoque!» L'une qui disait: «Toi aussi tu as une maîtresse», et la maîtresse qui disait: «Toi aussi tu es un lâche...» C'était criant de banalité. Jean-Pierre avait honte, au fond de lui-même, de se trouver devant une telle situation, alors qu'il était conscient de vivre une crise de grande envergure... une crise à sa mesure d'homme... d'homme qui avait une mission... La tête lui enflait, comme les pieds d'Œdipe... Malgré lui, il eut un petit sourire, une sorte de grimace timide. Alors il se demanda: «Est-ce que je me suis inventé un problème psychologique? Est-ce que je me joue la comédie?»

Il n'eut pas le temps de répondre à cette question, parce que Céline le sortait de sa rêverie par une autre question qu'elle réussissait à poser sans mettre trop d'amertume dans sa voix:

— Est-ce qu'on pourrait savoir ce que tu as fait, pendant tout ce temps?

Comme il était hors du «temps» propre à Céline, il la regarda pendant quelques secondes sans pouvoir répondre, presque hébété. À tel point que la pauvre femme se demanda si, soudain, il ne manquait pas un clou et un bardeau à son Jean-Pierre qu'elle avait toujours trouvé si intelligent.

— C'est pas par curiosité malsaine que je te pose la question. Je veux dire, ce qui m'inquiète, c'est pas que tu sois allé avec d'autres femmes... Ça m'intéresse pas de le savoir, et d'ailleurs ça me surprendrait beaucoup...

— T'as raison... Je sais pas ce que je serais allé faire avec une autre femme, à part la mienne, que je vois même plus...

— Alors c'est quoi? Les problèmes reliés à ton âge? L'andropause?

Cela dit avec une petite teinte d'ironie dans le ton. Ce qui faillit mettre Jean-Pierre en rogne. «V'là encore aut'chose!» On s'acharnait à vouloir définir, ou plutôt diagnostiquer son mal, comme les mouches du coche. C'était insupportable.

— Oublie ça, veux-tu... Je suis pas venu te voir pour parler de moi mais de nous deux... C'est-à-dire que, justement, nous deux, il faut que tu saches que c'est fini.

Après des semaines d'hésitation, de tergiversation, il avait pris une grande respiration et avait enfin lâché le morceau. Maintenant la lame s'enfonçait dans le ventre de

Céline, brûlante, cuisante, intolérable. «Avant», c'était la lame du plaisir qui entrait dans le bas de son ventre... Le crâne bourré de «culture», Jean-Pierre regardait ses lèvres trembler et il pensait: «Que les temps sont changés!», tout en se trouvant cruel d'aller se réfugier dans un vers de Racine pendant que Céline se trouvait déchirée par ses paroles. Elle le savait bien, Céline, qu'il allait lui annoncer la rupture, mais c'est toujours la même chose, en pareille circonstance. C'est plus fort que soi. On espère malgré tout. On se dit: «Il a peut-être été dérangé momentanément, il va peut-être s'excuser et il va m'expliquer puis nous allons continuer à nous aimer comme avant...» Mais non. Jean-Pierre venait de frapper. C'était la fin de l'aventure. Au fait, était-ce une aventure? Incorrigible, il se posait la question pendant que les larmes montaient aux yeux de Céline: «Quelle différence y a-t-il entre une liaison et une aventure?»

Pour Céline, il n'y en avait pas. Aveuglée par la douleur, elle ne voyait que le trou noir dans lequel il venait de la plonger en quelques secondes.

— Excuse-moi...

Elle se leva, sortit de la pièce en vitesse, reniflant. Dans sa chambre dont elle laissa la porte ouverte, il l'entendit se moucher à deux ou trois reprises, puis elle revint s'asseoir comme une grande fille. Céline avait décidé de ne pas pleurer, de ne pas se lamenter. Elle dit seulement:

— Tu sais que je t'aime? (Silence). Sais-tu que je t'aime encore plus que l'année dernière, après les deux premiers mois de notre relation? (Tiens! Elle appelait ça une relation...).

— C'est très possible, fit-il d'une voix à peine audible, car s'il s'amusait à jouer avec des «concepts» désignant une affaire amoureuse, c'était justement parce qu'il cherchait des moyens de diversion, tellement il avait honte.

— Non, c'est pas seulement possible, Jean-Pierre, c'est certain! C'est fou, tout d'un coup, j'ai l'impression que je t'ai jamais connu... même si je t'aime comme une folle... Comment fais-tu pour réduire en poussière tout ce qui s'est passé entre nous? Hein? J'aimerais bien que tu m'expliques... Pour moi c'est un mystère... Et je parle pas seulement de ce qui s'est passé dans mon lit, tu le sais! C'est vrai que tu m'as fait jouir à m'en faire perdre la boule, c'est vrai aussi que je t'ai souvent entendu râler, grogner, hurler, parce que le plaisir te secouait de fond en comble, un peu comme les soubresauts qui précèdent la mort, mais ça c'est rien... C'est pas de l'amour. Ce qui compte, c'est que je t'ai assez aimé pour accepter de m'effacer, de te laisser mener ta petite vie tranquille avec ta femme et tes enfants, pour ne pas te déranger, pour ne pas briser ton foyer... J'ai été le deuxième violon, la femme qui passe par la porte de derrière, qui marche dans la ruelle pour ne pas éveiller les soupçons... Est-ce que tu te rends compte de ce que ça suppose, comme renoncement, pour accepter ça, jour après jour, semaine après semaine, mois après mois, pour permettre à monsieur de réussir sa vie familiale et sa carrière?

Céline n'avait pas le talent de Marielle pour «monter» ses périodes, mais elle avait quand même réussi un assez joli crescendo et elle termina dans un sanglot qui aurait pu arracher les larmes à n'importe quel évêque au service de l'Inquisition. Elle se leva, vint s'agenouiller devant lui, posant la tête sur ses genoux, lui entourant les jambes de ses bras frémissants.

Jean-Pierre regardait sa nuque où s'entrecroisaient les cheveux défaits, dessinant un petit nid dans lequel il avait déjà posé sa bouche pour aspirer l'odeur de sa peau, sa chaleur et sa sensualité, toutes ces composantes qui alimentent le désir et font gonfler les artères. Il n'avait qu'à poser sa main, là, dans cette chaleur pulpeuse, et il aurait pu glisser avec elle sur le tapis, pour rouler ensuite dans l'accouplement désespéré des «dernières fois», mais il s'en trouva incapable.

Vus en plongée, à cause de la façon dont elle était accroupie, le dos et la croupe de Céline dessinaient un beau mouvement qui ondulait avec harmonie, et l'évasement du bassin, vu par derrière, se présentait à ses yeux comme la quintessence même de la plénitude. Aurait-il pu se sauver en s'accrochant à ce vase de chair qui pouvait donner la vie?

Pendant quelques secondes il dut se débattre avec cette question qui venait de surgir dans son esprit. Quelque chose qui devait ressembler à la Dernière Tentation...

Tout laisser tomber et vivre, se nourrir de cet amour que Céline lui offrait. Il rêva pendant de longues minutes, immobile, sentant le souffle chaud de la jeune femme sur ses cuisses. Est-ce que le reste de sa vie n'eût pas été plus simple, plus beau, plus facile? Peut-être. Mais non. Rien à faire. Tout à coup, il se raidit, et au même instant il eut le sentiment d'écraser un fœtus entre ses mains. Non! C'était non. Son destin, son boulot, ce n'était pas de vivre un grand amour, ni avec Céline, ni avec sa femme, ni avec Juliette, ni avec Simone... Il n'existait plus pour ce genre d'activité.

Mais il fallait d'abord répondre à la longue plainte de Céline. Il ne pouvait pas s'en aller comme ça, après l'avoir laissée mariner pendant des semaines. Doucement, il lui releva la tête, vit son regard brouillé, son visage marqué par la douleur et les plis de son pantalon. Jean-Pierre ne pouvait en rater une. Il dit:

— Tu ferais une photo superbe, Céline...

Elle se releva d'un bond en criant:

— À quoi ça servirait? Ça te ferait un beau souvenir de metteur en scène? Parce que c'est tout ce qui t'intéresse, hein!

Au moins, maintenant, la tentation n'était plus appuyée sur ses genoux. Il était sauvé... Céline retourna prendre place sur sa chaise.

— Excuse-moi... Mais, ton visage était magnifique...

— Pour ce que t'en fais, depuis un mois et demi, je m'en fous...

Il y avait une chose que Jean-Pierre voulait éviter à tout prix, c'était la grande scène avec les cris et les tripes sur la table, les déchirements... Il avait assez de supporter son propre lot, c'est-à-dire, le chemin qu'il lui restait à monter tout en ayant l'impression de descendre. Il parla donc le plus doucement possible:

— Céline, je suis désolé... Ça change rien que je sois désolé, parce que je te fais de la peine quand même, mais je le sais, que je te fais de la peine. Et c'est justement ce qui me place dans une situation difficile. Je sais que je te fais de la peine et ça me rend malade...

— Qu'est-ce que ça change pour moi? Tu te sens mal à l'aise, mais moi je suis en train de mourir...

Céline ne criait pas. Elle parlait lentement, d'une voix faible, comme un enfant qui gémit. Jean-Pierre se demanda s'il allait pouvoir résister longtemps à ce murmure plaintif qui coulait de sa bouche. Il reprit:

— Je le sais, celui qui s'en va a toujours l'air d'avoir le beau rôle... Un peu comme celui qui meurt: la merde est pour ses enfants ou ses parents, lui il ne sent plus rien... Mais avant d'aller plus loin, je voudrais répondre à ce que tu m'as dit tout à l'heure... ton histoire de ruelle, de deuxième rôle... C'est vrai que t'as supporté la situation d'une façon extraordinaire...

— Sais-tu une chose? J'aimerais mieux pas recevoir de compliments à ce sujet-là.

Malgré elle, Céline laissait pointer le dard de l'amertume, car elle souffrait trop pour ne pas avoir envie de le blesser un peu. Jean-Pierre encaissa, prit une respiration et poursuivit:

— O.K. Pas de compliments, mais c'est vrai, tu m'as jamais emmerdé parce que j'étais marié et t'as jamais voulu me faire divorcer pour prendre la première place. Mais tantôt tu mettais ça dans la balance, en te plaignant que je rompais avec toi... Excuse-moi mais ça tient pas tellement, étant donné que si je te laisse, c'est pas à cause de ma femme... Ça n'a rien à voir, tu le sais très bien.

— Comment veux-tu que je le sache! Tu m'as rien dit depuis deux mois!

— Écoute...

Mais il s'arrêta, comme quelqu'un qui voit subitement le précipice et qui va mettre le pied dans le vide. Par amour pour Céline, car il l'aimait encore, bien sûr, il se préparait à lui expliquer, à elle et à personne d'autre, le genre de crise qu'il était en train de vivre... Mais il lui parut soudain qu'en agissant de la sorte il commettait une faute. La première femme de sa vie, c'était Marielle, «sa» femme. Et si elle n'avait pas eu droit à son secret, personne d'autre ne devait le partager avec lui. Il n'avait pas le choix: par honnêteté, il devait se taire.

Il s'était donc arrêté, le pied suspendu dans les airs, pesant le pour et le contre, mais aussi, déplorant le fait qu'il se privait d'une consolation, d'une douceur morale. Il eût été si bon de pouvoir tout dire à cette femme qui l'aimait... Mais non. Il ne pouvait plus apppuyer sa tête sur une épaule... Jamais plus? Jamais plus, répondit la petite voix de sa conscience.

— J'écoute, dit Céline au bout d'un long silence.

— Heu... Oui, c'est vrai que je t'ai rien dit, mais j'ai rien dit à personne... Même pas à ma femme...

— Très honorée, pour une fois, d'être sur le même pied qu'elle!

Jean-Pierre chancela, mais il se dit: «Y a personne au monde qui peut être plus chiant qu'une femme qui souffre!» De son côté, Céline savait bien qu'elle l'emmerdait, mais elle était incapable de s'en empêcher. Surtout quand Jean-Pierre lui tendait une perche facile comme il venait de le faire. Et tout en se disant qu'il ne l'avait pas volé, elle avait envie de pleurer en pensant qu'entre eux, jamais il n'y avait eu de ces discordes, de ces disputes d'amoureux comme on en voit régulièrement. Non, dès le premier jour ils s'étaient «possédés», pas seulement au sens physique du terme, non. Ils s'étaient saisis l'un de l'autre dans leur âme, leur esprit et leur chair. Une réussite totale. Alors comment supporter l'idée que subitement, sans un mot d'explication, tout soit fini? Céline ne s'était jamais demandé si elle était une femme soumise à son amant. Elle était amoureuse, et c'était tout ce qui importait à ses yeux, se sachant payée de retour. Mais maintenant elle aurait bien aimé comprendre.

— Tu pourrais peut-être quand même me dire quelque chose, une indication quelconque, une petite piste que je pourrais explorer pendant que tu vas t'en aller continuer ton œuvre dans le vaste monde, non?

Elle n'était pas mauvaise comédienne, Céline, et elle venait de parler avec une juste dose d'ironie. Tout juste ce qu'il fallait pour piquer Jean-Pierre au bon endroit. Il s'en trouva accablé et il eut envie de se trouver ailleurs.

— Écoute... je suis désolé mais je me sens incapable de t'expliquer ce qui se passe, heu... en moi... psychologiquement... J'aime pas ces mots-là mais je pense qu'y en a pas d'autres. Je suis à peu près incapable de le formuler, si tu veux... Je le sens, dans ma chair, c'est tout... Et je peux te dire que c'est plutôt important... Assez pour chambarder toute ma vie. Alors je vais te donner les dernières nouvelles, en ce qui concerne mon travail.

— Merci pour le bonbon... autant d'acquêt, comme aurait dit ton grand-père...

Jean-Pierre dut faire un effort terrible pour ne pas se lever et sortir.

— Voilà... J'ai rompu mes relations avec Bernard le producteur parce qu'il ne croit pas à l'idée que je lui ai soumise pour mon prochain film. Pendant un certain temps, Mario a voulu collaborer quand même avec moi, mais on s'est brouillé au sujet d'une orientation que je veux donner au scénario, et on s'est séparé. J'ai essayé de trouver des investisseurs pour produire mon film moi-même. Personne n'a cru à mon idée de scénario. Alors maintenant je suis seul. Je vais écrire mon scénario, après je vais essayer de trouver un peu d'argent, et je vais le tourner quand même, avec un tout petit budget, en noir et blanc s'il le faut, mais je vais tourner, même si j'y laisse ma peau...

Céline fut touchée par ces propos: Jean-Pierre, l'homme qu'elle aimait, était abandonné de tous. À son tour, elle fut effleurée par ce maladif besoin de prendre son ex-amant en pitié. «Il faut que je fasse quelque chose pour lui...»

— Qu'est-ce que je peux faire, Jean-Pierre?

— Rien...

Il y eut un long silence, meublé, dans leur esprit, par le film de leur aventure qui se déroulait à la renverse. Puis Jean-Pierre dit:

— Oui... Il y a une petite chose qui me ferait beaucoup de bien.

— Quoi? Je vais le faire avec plaisir, si je le peux.

— Cesser de me lancer des pointes parce que je romps avec toi. J'y peux rien, c'est tout.

Céline avala cette couleuvre en silence. C'était simple, Jean-Pierre lui demandait le dépassement total: «Aime-moi en silence, et souffre en silence, puisque moi je ne peux pas te manifester mon amour...»

Il avait parlé sans la regarder. Au bout d'un moment, il leva les yeux vers elle. Céline le regardait, et dans ses yeux, il y avait quelque chose d'impossible à définir. C'était la bataille que se livraient l'amour qu'elle éprouvait pour lui et sa dignité de femme. Alors il dit quelque chose qui lui coupa les jambes:

— Céline, peut-être que tu me croiras pas mais, en ce moment, je t'aime plus que je t'ai jamais aimée.

Puis il se leva pour s'en aller, comme s'il avait eu peur du souffle qu'il venait de laisser sortir de son cœur. Un cri terrible l'arrêta dans son mouvement. C'était seulement son nom, lancé à pleins poumons, un cri d'amour:

— Jean-Pierre!

Céline acceptait tout, dans la douleur.

— Tu pars tout de suite?

— Oui.

— Tu veux pas qu'on fasse l'amour une dernière fois?

Quelle merveilleuse tentation! S'offrir une «dernière fois», quand on sait justement que c'est la dernière, et que chacun des gestes est mesuré en conséquence, pour en faire le plus beau souvenir du monde. Avait-il le droit de lui refuser cela, de se le refuser à lui-même? Qu'en serait-il, le jour où il se trouverait devant les portes de l'éternité? Il eut un moment d'hésitation, puis la grande réalité lui apparut aussitôt: avec sa nouvelle façon de mesurer le temps, il se trouvait sans cesse devant les portes de l'éternité. Alors il dit tout simplement, et c'était la vérité:

— Non... Je pense que j'en serais incapable...

— Ça m'étonnerait!

Elle eut un sourire triste, pensant aux capacités sexuelles de cet homme, qu'elle savait peu communes.

Jean-Pierre ne sembla pas entendre. Il était déjà ailleurs et donna l'impression de passer du coq à l'âne:

— Dis-moi... Dans le scénario que je vais écrire et que je

vais réaliser, coûte que coûte, il y a un rôle de femme, un seul rôle de femme... une femme de ton âge, à peu près... Est-ce que tu accepterais de le jouer?

— Quelle question! Évidemment! Si c'est un rôle qui me va... Si tu trouves que j'en suis capable...

Céline avait déjà des ailes.

— Oui, mais il est très possible que j'aie pas beaucoup d'argent pour le cachet...

— Jean-Pierre, pour toi, je pourrais jouer gratuitement, tu le sais bien...

— Oui, je le sais... C'est formidable, mais en même temps, ça me rend malade, une situation pareille... En tout cas, je te tiens au courant. Au revoir.

Il y eut encore un moment difficile à décrire, un moment d'hésitation, à cause de tout ce qui était en train de se défaire malgré eux. Ils ne savaient plus s'ils devaient s'embrasser. Alors Céline eut un geste d'une simplicité qui fit venir les larmes aux yeux de Jean-Pierre. Elle posa le bout de son index sur ses lèvres, puis elle transporta le baiser sur ses lèvres à lui, du bout du doigt... Or les doigts de Céline avaient quelque chose de magique pour lui... Ce doigt-là, en particulier...

— Bonne chance, Jean-Pierre...

Il sortit en silence, et en le regardant aller, légèrement voûté malgré son jeune âge, elle eut cette impression bizarre, que lui aussi, «son» Jean-Pierre, arrivait au bout d'une ruelle, comme elle...

Et la porte de son appartement minable se referma sur leur belle histoire d'amour.

Les Petits Cadeaux de l'Inconscient

Jean-Pierre reprit contact avec sa femme à l'occasion d'une mini-querelle plus ou moins idiote. Jusque-là, il avait travaillé sur la table de la salle de séjour. Pour y déposer sa machine à écrire et son papier, il repoussait du coude les objets qui traînaient là. Il s'accommodait très bien de cette situation, n'étant en rien un maniaque de l'ordre ou de quoi que ce soit d'autre. Jean-Pierre avait toujours été d'un commerce relativement facile, tout le monde aurait pu en témoigner.

Le lendemain de sa visite de rupture avec Céline, il se leva très tôt et décida qu'il s'accordait un mois pour écrire ce scénario dont personne ne voulait. Il avala deux ou trois toasts avec du bon café, puis il se mit à marcher de long en large dans la salle de séjour. Sur la table, il y avait des livres de droit appartenant à Marielle, deux ou trois volumes de bandes dessinées appartenant aux enfants (que Marielle lisait elle aussi, paraît-il), des chaussettes d'enfants et quelques menus objets qui font partie, fatalement, de la vie privée d'une famille ordinaire.

Soudain, Jean-Pierre se sentit mal à son aise dans ce décor qui avait toujours été le sien, dans lequel il avait réussi à travailler sans trop de difficulté. Il voulut son petit coin à lui, comme s'il avait éprouvé le besoin de se cacher pour coucher sur papier ce qui allait sortir de lui. «Une vraie chatte qui se prépare à mettre bas», pensa-t-il...

Quand Marielle se leva, dix minutes plus tard, il était en train de vider le «den», cette petite pièce qui existe au bout de tous les duplex de Notre-Dame-de-Grâce et qui sert souvent de chambre de bonne («den» est un terme anglais qui signifie cabinet de travail ou fumoir, et que les Montréalais ont adopté dans le langage quotidien). Chez Jean-Pierre, cette pièce était meublée d'un divan et d'un téléviseur qui servaient uniquement aux enfants. C'était leur petite pièce à eux.

— Qu'est-ce que tu fais là pour l'amour du ciel!

— Je m'installe un bureau pour travailler...

La télévision était déjà rendue dans la salle de séjour et il transportait la petite table brune sur laquelle on l'avait posée.

— Mais, tu peux pas faire ça!

— Pourquoi? Il me semble que je suis chez moi, ici...

— Mais c'est la pièce des enfants!

— Les enfants ont jamais manqué de rien, surtout pas d'espace. Moi, maintenant, j'ai besoin de cet espace que j'ai payé, pour travailler.

— Mais, Jean-Pierre!

Marielle était bouleversée, choquée. Pour elle, l'avocate évoluant dans le monde du code criminel anglais, la tradition prenait rapidement force de loi. Les enfants avaient droit à cette pièce depuis une dizaine d'années.

— Te rends-tu compte de ce que tu fais, Jean-Pierre? Tu te conduis d'une manière que tu condamnerais si quelqu'un d'autre agissait de la sorte à ton égard.

— C'est possible. Mais il est sept heures du matin. Il faut que je travaille. C'est urgent. On leur expliquera la situation... après coup...

— On expliquera... Je vais être obligée d'expliquer, comme d'habitude...

Soudain, exécutant un «double take» de grande comédienne, Marielle se retourna et dit:

— Au fait, d'où tu sors, toi, ce matin?

— Comment ça, d'où je sors? J'ai toujours couché ici, la nuit dernière comme d'habitude!

— Non, mais je veux dire... T'as rien foutu depuis deux mois, et subitement, tout ce que tu trouves à faire c'est foutre le bordel dans la maison...

Jean-Pierre était immunisé contre ce genre de remarques. Il n'eut pas envie de se fâcher, même s'il venait de traverser une période infernale.

— Maintenant il faut que j'écrive mon scénario, et j'ai besoin d'avoir la paix.

Ils se regardaient, plus ou moins agressifs l'un et l'autre, mais Jean-Pierre ne voyait pas que Marielle portait une belle robe de chambre, qu'elle était bien en chair, comme l'année précédente, qu'elle était encore désirable, etc.

De son côté, Marielle souffrait de la réclusion de Jean-Pierre dans son «monde intérieur», mais il fallait bien vivre. Pour se distraire, elle avait sa profession d'avocate, ses plaidoiries qui étaient toujours des défis salutaires. Quand elle n'en pouvait plus, de temps en temps, elle accueillait le «jeune homme» dans son sein, histoire de se faire fouetter les sangs, ce qui est encore plus salutaire que tout le reste et qui ne l'empêchait pas de bien élever ses enfants, au contraire.

Marielle «voyait» très bien son mari. Il avait maigri et il avait l'air tendu. Malgré les circonstances, elle fut inondée d'un flot de tendresse à son égard.

— Bon, comme tu voudras, dit-elle doucement, puis elle disparut dans la cuisine. Jean-Pierre estima qu'il était «maudivement bien marié». Il termina son installation en apportant une petite table et une chaise dans le «den». Alors il s'assit, mit une feuille blanche sous le rouleau et écrivit:

LA ROUE DENTELÉE

SCÉNARIO

AUTEUR: Jean-Pierre L'Heureux.

Scène 1

«Dans un plan large, on voit la rivière Rimouski, la caméra étant axée vers le sud. On fait un pano à droite, et dans l'embouchure de la rivière, on découvre une chaloupe dans laquelle un homme et une femme embarquent des provisions de toutes sortes, ainsi que des outils.»

Il s'arrêta pour chercher le nom de ses personnages. Des noms de héros? Non, c'étaient des gens ordinaires, qui allaient symboliser tous les gens ordinaires de la terre. Il s'arrêta sur ce qu'il connaissait de plus commun: Pierre et Jeanne. Puis il décida qu'il allait tourner sans découpage technique, que son scénario serait seulement découpé en scènes. Pour les plans, il verrait sur place, au moment du tournage... D'ailleurs, il savait bien que des tas de choses allaient être changées en cours de route.

«On voit les outils en gros plan, surtout un couteau très coupant. C'est très important. Il y a aussi plusieurs boîtes de conserve, une canne à pêche, une énorme cruche d'eau douce, du pain, du sucre, du café, un petit poêle au butane, etc. Tout ce qu'il faut pour passer trois semaines en dehors de la maison, comme en camping...»

Jean-Pierre relut ce qu'il venait d'écrire, trouva que c'était simple, froid, exactement comme le film devait commencer. Il eut alors l'idée de faire la deuxième scène dans un style tout à fait différent. Fantaisiste? Pourquoi pas?

Scène 2

«Pierre et Jeanne sont habillés en costume de noces, comme s'ils sortaient de l'église après leur mariage. Ils se tiennent bras-dessus bras-dessous et miment les jeunes mariés qui posent pour la photo, après quoi Jeanne lance son bouquet de mariée dans le fleuve.»

Jean-Pierre trouva que l'idée de jeter le bouquet dans le fleuve était très bonne, et pendant quelques secondes il en savoura le symbole. Des cris de protestation le sortirent de sa rêverie. C'étaient ses enfants qui hurlaient parce qu'ils avaient perdu leur salle de récréation. Il entendit sa femme leur demander de ne pas faire de bruit, pour ne pas déranger leur père qui travaillait, mais ces jeunes «égoïstes» n'étaient pas d'une docilité exemplaire. Leurs cris redoublèrent. Alors Jean-Pierre ouvrit la porte et lança:

— Vos gueules, merde! J'en ai pour un mois au plus. Après ça vous ferez ce que vous voudrez avec votre clos à cochons!

La phrase lui était venue tout naturellement, comme lui venait l'inspiration quand il écrivait. Il rentra dans le «den», assez fier de sa «sortie», mais la porte s'ouvrit aussitôt et la tête de Marielle apparut, ébouriffée:

— Quand même! Tu pourrais penser à ce que tu dis quand tu parles à tes enfants... S'ils sont des cochons, c'est toi leur père!

Claquement de porte, disparition de la tête furieuse. Était-il censé avoir honte? Il ne le savait même plus. Il eut envie de faire une nouvelle sortie pour leur dire qu'il n'avait plus le temps de jouer les délicats, mais il jugea que ça ne valait pas la peine.

Scène 3

«Vêtus comme dans la première scène, Pierre et Jeanne embarquent dans la chaloupe. Un couple de vieux les regardent faire. Ces deux derniers symbolisent la génération précédente.»

Il lui vint à l'esprit que c'était évident, que cette dernière phrase était inutile, mais il la laissa quand même pour lui. Il se demanda comment il allait exprimer le bonheur, l'espoir et l'enchantement des premiers jours, c'est-à-dire des premières années du voyage à deux. Une mer calme et une belle musique, serait-ce suffisant? Oui, probablement. Il suffisait que Pierre rame en souriant à Jeanne qui, souriante elle aussi, prépare un repas.

Dans la scène suivante, ils mangeaient tous les deux et l'homme disait que c'était bon. La femme était contente. D'ailleurs, pour ces scènes de bonheur, Jean-Pierre se dit qu'il n'avait pas besoin d'écrire grand-chose. C'était facile à tourner. Il savait par cœur ce qu'il fallait faire.

Il allait bâcler le début du voyage lorsque lui vint l'idée d'une tentation soufflée dans l'oreille de l'homme par la femme. Oui! Oui! Pas bête. À Rimouski, dès qu'on a quitté la rive du fleuve, on doit faire un petit crochet pour éviter de s'accrocher les pieds dans l'Île St-Barnabé. Il s'agit d'une petite île verdoyante à peu près inhabitée, donc calme, qui peut très bien symboliser un jardin où deux amants auraient envie d'aller se reposer. Donc, après une première journée de bonheur et une nuit d'amour (il avait déjà pris quelques notes pour la scène de baisage dans la chaloupe. Cela se passerait au soleil couchant, et le bercement de la barque s'harmoniserait avec les mouvements de va-et-vient des amants faisant l'amour: tout un cinéma dans sa tête!), il écrivit la scène de la tentation.

Scène 12

«Il est dix heures du matin. Jeanne est en train de tricoter un petit maillot pour bébé. Elle regarde Pierre, lui sourit, puis elle tourne la tête à gauche et elle voit la pointe de l'île qui est tout près de la chaloupe. Elle dit:

> Jeanne
> Pierre! As-tu vu si c'est beau! On devrait arrêter sur l'île pour se reposer un peu...

> Pierre
> Mais non! On n'a pas le temps... Un peu de sérieux, Jeanne... Il faut avancer, dans la vie.

> Jeanne
> Mais, Pierre, regarde la belle herbe verte. On pourrait manger sur l'herbe, faire un petit pique-nique... Ensuite on ferait la sieste...

Jeanne met tout ce qu'elle peut de suggestion érotique dans son propos...

Pierre

Non! (énergique) On n'est pas là pour s'amuser!

Jeanne ne répond pas. C'est la première petite brouille du jeune couple. La femme se résigne, courbe l'échine.»

Il se relut et trouva que c'était une belle petite scène. Évidemment, dans son esprit, c'était l'homme qui avait tort, de sorte qu'il ne pensa même pas que les féministes pourraient protester parce qu'une fois de plus la tentation venait de la femme, comme dans la Bible, vieux cliché que l'on traîne depuis des siècles. Jean-Pierre était d'avis que si les hommes «ramaient» un peu moins et s'amusaient un peu plus avec les femmes sur les îles vertes et riantes, il y aurait moins de guerres, moins de pollution, moins de progrès et partant moins de toutes les cochonneries qui font mourir le monde prématurément.

Il passa plusieurs minutes à rêvasser: il donnait une interview à la télévision et on tentait de le faire aller jusqu'au bout de ce raisonnement. «Vous êtes contre le progrès?» «Non, pas nécessairement... Il faut progresser en s'amusant, puisque nous sommes tous condamnés à mourir, de toute façon...» Il se dit qu'il serait nécessaire de fouiller un peu plus cette question: progresser en s'amusant, puisque de toute façon on va mourir. C'était peut-être une bonne piste, quelque chose qu'il pourrait rattacher à sa définition du temps... À voir.

Il écrivit jusqu'à midi, sortit de son cagibi, fatigué, et se trouva seul dans la maison. Marielle lui avait dit au revoir vers neuf heures mais les enfants n'étaient pas venus le saluer avant de partir. «C'est ma faute... Je suis un mauvais père...» C'était vrai, mais dans les circonstances, il ne voyait pas de solution à ce problème familial. Sa seule raison de vivre, c'était son film.

Tout en avalant un sandwich, il téléphona à Céline pour lui demander si elle avait une suggestion à lui faire pour le comédien qui pourrait jouer le rôle de Pierre. Il fallait un jeune homme de vingt-cinq ans, pas trop laid, bon comédien, mais surtout un gars qui allait accepter de travailler sans salaire, en espérant que le film allait faire des sous plus tard. Elle lui donna une liste de cinq noms. Il la remercia gentiment sans lui dire qu'il avait la même liste dans la tête.

Il sortit dans les rues de Montréal pour saluer le mois d'avril qui venait d'éclater. Il faisait un soleil radieux, les femmes commençaient à montrer leurs cuisses et les oiseaux chantaient. Il alla s'asseoir dans le parc de la rue Girouard où il se laissa baigner dans l'idée du renouveau, du recommencement, de l'éternel retour, que chaque printemps ramène avec d'autant plus de force que le temps ronge vos artères... Mais il parvint à ne pas s'attendrir sur lui-même. Ce temps était révolu...

Le soir, au cours du dîner, Marielle lui demanda s'il était content de sa journée:

— Oui... J'ai bien travaillé, je pense... Et toi?

Marielle fut tout étonnée de se faire poser la question. Il y avait une éternité que Jean-Pierre n'y pensait plus.

— Moi! Oui, très bien...

— As-tu plaidé, aujourd'hui?

— Non, seulement du bureau...

Marielle eut un sourire intérieur. Le «jeune homme» lui avait téléphoné et avait demandé à la voir, ce qui voulait dire faire l'amour, mais elle avait refusé, sans trop savoir pourquoi. Le soir, avant de s'endormir, elle eut un mouvement de tendresse envers son mari, éprouva le besoin de se trouver plus près de cet homme qu'elle aimait. Elle faillit lui avouer qu'elle avait couché avec un autre homme à quelques reprises, mais elle n'osa pas, se disant que ça ne donnerait rien, que ça le dérangerait peut-être dans son travail. Tout ce qui comptait pour Jean-Pierre, c'était son scénario. Alors il fallait le laisser travailler en paix. Et elle s'endormit en ayant envie de le tenir dans ses bras, pour le protéger.

Pendant une dizaine de jours, l'écriture du scénario ne présenta pas de problèmes majeurs pour Jean-Pierre. Tout se déroulait bien. Jeanne était enceinte et elle allait accoucher bientôt. Alors il eut un doute: il lui sembla que les choses allaient trop bien, justement... Par exemple, juste avant l'accouchement, il devrait peut-être y avoir une tempête?

Une tempête symbolisant une grosse querelle avant la grande joie de la naissance. Il se débattit pendant deux heures avec cette idée, mettant dans la balance le fait que tourner une tempête, en mer, ce serait une difficulté terrible, compte tenu des faibles moyens dont il allait disposer. Finalement, il opta pour la tempête. Un beau déchaînement de la nature, comme il les aimait.

Puis le fleuve devint calme et l'enfant sortit du ventre de sa mère, tiré hors de son nid par les mains du père qui pleurait de joie. Jean-Pierre écrivit, à la fin de la scène:

«On a l'impression, à ce moment-là, que les jeunes parents sont tellement heureux que plus rien ne peut désormais les brouiller. Ils vont passer le reste de leur vie à travailler pour qu'un être humain s'épanouisse sur la terre.» Puis il se redressa en souriant pour lui-même, pensant: «Les petits cons!»

Les jeunes comédiens étaient plus terre à terre que Céline. Les quatre premiers à qui Jean-Pierre téléphona déclinèrent l'offre peu alléchante qu'il leur fit. On voulait bien aider la cause du cinéma québécois, mais il fallait vivre, et rien ne garantissait que le film allait faire de l'argent au box-office. Le fait que Jean-Pierre n'ait pas pu se trouver un producteur les inquiétait. Lui, un réalisateur connu! Il allait téléphoner au cinquième, son dernier choix, lorsque le premier rappela: il avait changé d'idée. Oui, il acceptait la proposition de Jean-Pierre, même si c'était une chose qu'on ne faisait plus dans le «milieu». Jean-Pierre interpréta cela comme un bon signe. Le ciel était avec lui...

À son douzième jour d'écriture, Jean-Pierre eut une chute de fièvre. Il s'arrêta devant la page blanche, bouche bée, le doigt en l'air. Soudain, il était pris de doute. Où s'en allait-il, comme ça, à bride abattue? Pouvait-il avoir écrit soixante bonnes pages d'une seule giclée?

Il relut ce qu'il avait fait et fut surpris: c'était pas mal du tout... Pas mal. Puis il eut envie de le faire lire à Céline, pour avoir une confirmation de ce qu'il pensait. À propos de Céline, ce qui se produisait était assez bizarre: maintenant qu'il était séparé d'elle physiquement, il se sentait plus près d'elle, moralement et intellectuellement. Un peu comme avec sa femme Marielle, d'ailleurs: depuis qu'il ne faisait plus l'amour avec elle, il trouvait apaisant de se trouver en sa compagnie, soit à table soit au lit, pour dormir... Il aimait ces deux femmes qui étaient devenues des supports moraux, des phares entre lesquels il avançait, porteur de son «message».

Puis il décida de ne rien faire lire à Céline. Il devait prendre ses responsabilités lui-même. Elle aurait le scénario en même temps que tout le monde. Pas de faiblesse, et en avant!

Le bébé des «heureux parents» était tombé malade et ça n'allait pas bien du tout. Il pleurait sans cesse, vomissait, avait la diarrhée, faiblissait. Jeanne le tenait sur son sein pendant que Pierre ramait, mais elle n'osait plus regarder «l'homme de sa vie», parce que ce dernier était à bout, n'en pouvant plus d'entendre pleurer cet être encore informe ou du moins incomplet qui, avant même d'avoir pu lui faire un sourire, grimaçait sans cesse en émettant des sons qui lui déchiraient les oreilles, menaçaient de le rendre malade lui-même.

Jean-Pierre écrivit:

Scène 25

«L'enfant est dans les bras de Jeanne et il pleure. Pierre rame pendant quelques minutes, puis s'arrête, exaspéré.

Pierre
Jeanne, cet enfant-là va nous faire mourir. Jette-le à l'eau.

Jeanne regarde Pierre en silence pendant quelques secondes, n'en croyant pas ses oreilles.

Jeanne
Pierre! Comment peux-tu avoir une idée pareille! Tuer ton enfant!

Pierre
Il va mourir de toute façon! Si on le laisse vivre, il souffre pour rien.

Jeanne

La vie c'est la vie! On n'a pas le droit de l'enlever, surtout pas à un enfant, un enfant que j'ai mis au monde et que tu as engendré...

«À partir de ce moment-là, le dialogue est improvisé. Le ton monte, le bébé crie de plus en plus fort, souffrant de la querelle de ses parents. Pierre cesse de ramer, se lève et arrache le bébé des bras de sa mère qui hurle à la mort. Il le lance dans le fleuve. Jeanne veut le suivre mais il la retient avec vigueur malgré les secousses de la chaloupe qui vient à deux doigts de chavirer.»

Jean-Pierre s'arrêta. Il avait les sueurs froides. Comment pouvait-il, lui, un homme si «bon», écrire une atrocité pareille?

Il sortit pour aller prendre l'air au parc Girouard. Les oiseaux s'énervaient, travaillaient comme des fous à construire leurs nids. La vie! Tandis que lui, dans sa tête, il n'y avait de place que pour la mort... Dans les plates-bandes, les crocus fleurissaient déjà. La germination était constante sur la terre... Pendant quelques minutes, il eut peur de se tromper. Et puis tout à coup il se redressa: «Non! J'ai raison! Il faut que Pierre tue son enfant! Pierre n'est pas un homme... c'est un personnage qui donne la mort pour tenter de s'en libérer, lui. C'est un geste de désespéré...»

Requinqué, Jean-Pierre rentra chez lui, pour se remettre à écrire avec une force nouvelle. Jeanne voulait se jeter à l'eau, Pierre la retenait. Elle pleurait, l'engueulait, le traitait d'assassin, mais l'«homme» ne flanchait pas. Il était sûr d'avoir eu raison de se débarrasser du bébé.

Jean-Pierre en venait à écrire ces scènes de misère morale avec une espèce de jubilation. Il avait l'impression de manger de la mort pour en nettoyer la nature humaine.

Ce soir-là, quand il s'allongea près de Marielle pour la nuit, quand il sentit sa chaleur et l'odeur de sa bonne chair, il eut presque envie de la caresser. Il ne savait même plus quand il avait abandonné ces activités sexuelles. Mais pourquoi donc s'en privait-il? Est-ce que ce n'était pas idiot? S'il avait posé sa main sur le ventre de Marielle, doucement, elle se serait tournée vers lui et ils auraient certainement fait l'amour. Mais Jean-Pierre fut incapable de ce geste naturel... il avait l'impression d'avoir trouvé enfin un équilibre, dans sa chasteté plus ou moins voulue, et il savait, intuitivement, que cet équilibre était ce qu'il y avait de plus précieux pour lui. Jean-Pierre s'endormit sagement, en déroulant dans sa tête le fil des atrocités qu'il allait décrire le lendemain dans son scénario.

Il prit deux jours pour écrire les scènes qui devaient suivre le «meurtre» du bébé: les pleurs de Jeanne, l'aversion qu'elle éprouvait pour «son» homme, la désolation profonde dans laquelle la pauvre femme se trouvait. Pendant ce temps, Pierre ramait mais il devait dépenser beaucoup d'énergie et d'imagination pour la réconforter.

Quand cela fut fait, le couple avait vieilli de plusieurs années, et le spectateur devait comprendre que les deux personnages avaient retrouvé le bonheur. Jean-Pierre, lui, eut un blocage. Il ne savait plus s'il devait leur faire vivre une période assez longue avec une nouvelle naissance, ou bien s'il ne devait pas suivre son instinct, qui lui commandait autre chose... Relancer le couple dans les joies de l'enfantement, c'était faire plaisir au monde ordinaire. C'était se plier à ces exigences commerciales qu'un producteur lui aurait certainement imposées. Or il était seul à la barre de son bateau.

Après quelques heures de tergiversation, Jean-Pierre revint s'asseoir devant son clavier.

Scène 45

«Jeanne est apaisée et elle regarde Pierre qui rame. Mais ce dernier évite son regard. Quand il ose lever les yeux vers elle, il a le sentiment qu'elle le juge.»

Jean-Pierre s'arrêta. Il ne savait trop comment faire apparaître le remords qui venait de germer dans la conscience de son personnage. Maintenant qu'il n'avait plus l'obligation de sauver sa femme du désespoir, Pierre avait de l'espace, dans sa conscience, pour le remords. Le beau travail de la culpabilité... C'était l'une des joyeuses préoccupations de Jean-

Pierre. «Voyons, qu'est-ce qu'il peut faire, assis en face d'elle? Ils sont seuls à longueur de journée, à longueur d'année... Ils ont maintenant au moins trente-cinq ans... C'est l'âge de la grande crise.»

Jean-Pierre finit par trouver qu'il n'avait pas besoin de subterfuges, de trucs physiques: Pierre était las, fatigué de cette femme qu'il avait dû sauver malgré elle. Le moindre prétexte était suffisant pour mettre le feu aux poudres. Donc, après avoir passé deux ou trois jours à regarder Jeanne en se demandant si elle ne le maudissait pas en secret, voici ce qui arriva:

Scène 46

«Pierre rame en silence, pendant que Jeanne prépare des darnes de morue fraîche pour le repas du soir. Pierre la surveille du coin de l'œil, et on voit qu'il a le regard méchant de l'homme qui cherche la bagarre. Soudain, sans le faire exprès, Jeanne laisse échapper un morceau de morue à l'eau.

Pierre (violent)
Tu peux pas faire attention, bonyeu! J'ai eu assez de misère à l'attraper, c'te morue-là!

Jeanne (impatiente)
J'ai pas fait exprès!

Pierre
T'as pas fait exprès, mais tu fais pas attention, comme d'habitude...

Jeanne
Laisse-moi donc tranquille! Ça m'est pas arrivé si souvent...

Pierre se lève d'un bond et se met à la bousculer tout en criant des injures qui deviennent incompréhensibles. Jeanne crie, se débat, et le tout dégénère en bagarre, au cours de laquelle, involontairement, Pierre coupe l'index de la main droite de Jeanne.

Fin de la bataille. Désarroi de Pierre, double remords. Jeanne hurle aux quatre vents. Le pauvre couple d'humains se sent perdu dans l'infini du monde, dans un univers sans grâce. Soudain, la mer devient aussi aride que le désert le plus absolu.»

Jean-Pierre se relut, trouva que le début de la scène était juste dans sa simplicité, mais la «poésie» du dernier paragraphe, même si elle disait bien l'effroi que devait ressentir le public à ce moment-là, ne disait pas comment il allait le rendre à la caméra. Comment trouver la mesure, le ton juste? La scène pouvait facilement devenir intolérable. Il ne fallait pas abuser du sang et des cris de douleur. Alors sa petite voix intérieure lui souffla la formule: l'émotion plutôt que l'horreur. Alors il écrivit que Pierre, voyant ce qu'il avait fait dans sa rage aveugle, se repentait tout de suite, prenait Jeanne dans ses bras et ils pleuraient tous les deux comme des enfants perdus. Car c'était exactement ce qu'ils étaient: deux enfants égarés dans un monde qui n'avait pas besoin d'eux...

Quelques jours plus tard, pour s'amuser, Jean-Pierre téléphona à Céline et lui demanda si elle était prête à se faire couper un doigt pour faire le film. Ils rigolèrent tous les deux quand il lui eût expliqué la scène, que Céline trouva délicieusement horrible, après quoi il lui apprit que Réjean, leur premier choix comme partenaire, avait changé d'idée et qu'il acceptait de tourner dans les mêmes conditions qu'elle. Céline cria de joie, tellement qu'il la soupçonna de jouer au ramonage de muqueuses avec lui, ce qui lui causa un petit pincement au cœur, mais si c'était le cas il en était le premier responsable, et après tout, il ne pouvait pas demander à ses collaborateurs de pratiquer la même ascèse que lui. D'ailleurs il avait toujours affirmé que la jalousie est un vice inqualifiable, pire que la sodomie pour les catholiques de 1914.

— On tourne quand? demanda Céline.

— Je voudrais commencer le 21 juin, premier jour de l'été. Ce serait de bon augure.

— D'accord. Je bloque mon temps à partir de ce jour-là. Quand vas-tu me donner le scénario? Il faudrait quand même que je me prépare un peu.

— Dans deux semaines à peu près...

Soudain, Jean-Pierre s'aperçut que la voix de Céline le troublait, et il mit fin à leur conversation en quelques secondes, le plus poliment possible. À quoi bon courir des risques inutiles? Car il y avait une chose qu'il voulait éviter absolument, c'était de recommencer à gaspiller ses énergies, du moins jusqu'à la fin du tournage. Après, il verrait...

Au cours de la nuit suivante, Marielle fut réveillée par des secousses qui ébranlaient le lit, puis par des gémissements. Au bout de quelques secondes Jean-Pierre cria, très distinctement:

— CÉLINE!

Un vrai cri de mort qui le réveilla lui-même.

— Jean-Pierre, arrête...

— Excuse-moi, j'ai fait un cauchemar...

Il avait rêvé qu'il tournait la scène du doigt coupé. Mais il se passait quelque chose d'horrible. Après cinq ou six secondes de bagarre avec Jeanne, Réjean sortait une hache du fond de la chaloupe, une hache qu'il n'avait jamais vue, et il frappait Céline à la tête... Céline se trouvait morte, pour de vrai...

En sueurs, Jean-Pierre raconta son cauchemar à Marielle qui pensa: «Le pauvre, il ne peut pas s'empêcher de continuer à coucher avec elle...» Mais elle n'était pas jalouse, pas vraiment, et dans un beau mouvement de compassion, elle posa sa main sur la poitrine de son mari, pour l'apaiser. Alors Jean-Pierre connut un moment d'une douceur ineffable. Sur sa poitrine, la main de Marielle était comme un baume qui le pénétrait, qui faisait fondre son angoisse. Pour lui, la chaleur de cette chair était devenue maternelle, et en la sentant sur sa peau, il eut l'impression de retrouver quelque chose qu'il avait perdu depuis toujours. Marielle sentit ce qui se passait, et elle attendit qu'il fût rendormi pour retirer sa main.

Jean-Pierre savait exactement comment terminer son film, mais il y avait une période, dans la vie de ses personnages, qu'il ne savait pas trop comment montrer, expliquer, ou décrire, afin de la mettre en images. Surtout sur une chaloupe, au milieu du fleuve... Pas un seul intervenant! C'était la période de paix qui suit les grands orages de la vie: on s'est querellé, on s'est aimé, on s'est fait du mal et on s'est fait du bien... On met le mal et le bien dans la balance, c'est à peu près kif-kif. Alors c'est la paix pour le reste du voyage. Mais dans le cas de Pierre et Jeanne, l'équation lui paraissait injuste, parce que Jeanne avait passé les trois quarts de sa vie à soutenir son compagnon de route, sans maugréer, tandis que lui, il avait tué son enfant, et dans un moment de rage folle, il lui avait coupé un doigt. Comment pouvait-il prétendre que le mal et le bien de l'un équivalaient à ceux de l'autre? La disproportion était flagrante!

Jean-Pierre passa de longues heures à tourner autour de ce problème, un peu comme un touriste fait le tour de Chéops en se demandant comment ils ont pu construire ça, dans le temps, et à quoi ça pouvait bien servir. Puis il finit par se rendre à l'évidence: c'était un faux problème! Tout simplement parce que l'âme ne fait pas de mathématiques. Elle informe le corps, au sens premier du terme, et elle vieillit avec lui. Le temps est une caresse incessante qui gomme les aspérités de la peau.

Alors Jean-Pierre fit faire un petit saut dans le temps à ses personnages.

Scène 50

«Pierre et Jeanne ont maintenant cinquante ans. Ils ont les cheveux gris, les gestes lents et le regard apaisé. Pierre rame avec un peu moins de vigueur, et il commence à scruter l'horizon. C'est d'ailleurs les seuls moments de la journée où il montre une certaine inquiétude. Car maintenant la grande question est la suivante: «Est-ce que je vais pouvoir atteindre la rive nord du fleuve?»

Jeanne
Penses-tu qu'on va y arriver?
Pierre
On approche... Mais je suis fatigué.
Jeanne
Donne-moi les rames.

Elle prend les rames et s'assied à la place de Pierre pour ramer. Dans l'échange, leurs mains se touchent et leurs corps se frôlent, mais cela ne provoque aucun frémissement de leur chair.

Maintenant, Pierre fait face au nord et il voit la côte, la «maudite» côte vers laquelle il rame depuis toujours. Il se dit:

«On veut absolument y arriver, mais quand on va y arriver, ça va être la fin...» Pour la première fois de sa vie, dans sa tête, le mot «fin» prend vraiment tout son sens.

Au bout de quelques minutes seulement, Jeanne s'arrête de ramer et le regarde, l'œil fondant, comme un pétale de rose qui commence à défriser.

Pierre

Veux-tu que je prenne ta place?

Jeanne

Non... Quand je suis assise ici, je regarde le sud... Ça me ramène en arrière...

Pierre (humble)

Tu regrettes... d'être embarquée avec moi?

Jeanne

Non...

Pierre

Pourtant..

Jeanne

Oui, tu m'as fait souffrir... Un autre l'aurait fait aussi, d'une autre manière, mais il l'aurait fait... On fait toujours souffrir l'autre... Mais je t'aime... Dans l'amour, y a pas de violence... Maintenant je sais que tu m'aimes...

Ils ont les larmes aux yeux tous les deux. Ils se lèvent et, debout au milieu de la chaloupe, ils s'embrassent doucement.»

Scène 51

«Le soir, le soleil se couche sur une mer calme et rose. Pierre et Jeanne sont couchés au fond de la chaloupe, enlacés.»

Jean-Pierre se relut, trouva que ces deux scènes étaient assez sobres... Il lui restait à trouver le ton juste, au moment du tournage.

La scène suivante était facile. C'était un plan large, la caméra axée vers le sud. On voyait la chaloupe qui avançait lentement sur une mer calme... Le fleuve-mer devait être calme jusqu'à la fin de la traversée. Ensuite on coupait à la chaloupe et on se rendait compte que Pierre et Jeanne avaient vieilli de dix ans. Maintenant ils avaient les cheveux blancs, et Pierre ramait beaucoup plus lentement qu'avant. Jeanne avait la peau du visage plissée et elle avait la tremblote. Mais son sourire de vieille femme avait une sérénité enfantine.

Puis ce fut la dernière scène, que Jean-Pierre écrivit d'une traite, avec une espèce de gloutonnerie, comme s'il avait attendu un siècle avant de se la mettre sous la dent.

Le ciel était sombre mais la mer était encore relativement calme. Pierre se levait en regardant la rive nord qu'ils allaient aborder dans une vingtaine de minutes. Mais qu'est-ce que c'était, vingt minutes, après toute une vie? De sorte que Jeanne et Pierre ne sautaient pas de joie et ne criaient pas comme les découvreurs: «TERRE! TERRE!» Non, Pierre et Jeanne se demandaient seulement comment ils allaient faire pour atteindre la rive sans trop de difficultés parce que la côte avait l'air escarpée et très sauvage.

Soudain, un vent d'est s'élevait, charriant des montagnes de nuages noirs et soulevant des lames de trois mètres de haut. La chaloupe les prenait par le flanc droit, filait vers l'ouest, ballottée comme un fétu de paille. Pierre essayait de la garder en équilibre, mais ses vieux bras, usés par la longue traversée, étaient sans effet contre le déchaînement des eaux. Munie d'une vieille boîte de conserve, Jeanne essayait de renvoyer par-dessus bord l'eau qui embarquait par longues giclées. Mais la partie n'était pas égale, une fois de plus. La chaloupe se remplissait à vue d'oeil. Pierre dit: «Ça y est, c'est la fin.» Ils s'enlacèrent en tremblant, et une lame plus haute, plus violente que les autres, fit capoter la chaloupe qui disparut dans les eaux noires avec les deux voyageurs.

Le plan suivant était un plan large du fleuve pris de la rive nord, par beau temps: soleil et mer d'huile. Les derniers mots du scénario étaient: «La mer a l'air de sourire.»

Jean-Pierre ferma les yeux et essaya d'imaginer la scène. Il voyait très bien le sourire de la mer après ce petit goûter rapidement avalé: deux vieux qui étaient parvenus au bout de leur route et qui n'avaient rien d'autre à faire que disparaître, parce que l'univers n'avait pas besoin d'eux pour tourner. L'univers se suffisait à lui-même, indifférent aux individus. Alors il pensa à son père, une dernière fois, et à son répertoire de citations latines. Le vieux lui avait souvent dit: «De minibus non curat praetor.» Ce qui veut dire: «Le grand patron ne s'occupe pas des petites choses.»

Jean-Pierre sentit une grande fatigue l'envahir. Il avait travaillé sans relâche pendant vingt-huit jours. Un cycle de lune! Un cycle de femme... Il composa le numéro de Céline pour lui dire que le scénario était terminé, mais elle n'était pas là. Même s'il n'était que dix heures du matin, il s'allongea sur le lit, tout habillé, et il s'endormit.

«L'amour est anonyme, donc non violent.»
Krishnamurti

Les enfants récupérèrent leur «den» pour regarder la télévision et la maison retrouva son ambiance d'autrefois. Excepté que Jean-Pierre passait ses journées à chercher de l'argent. Il rentrait le soir, fatigué, furieux, les mains vides. Marielle le regardait avec compassion, mais comme elle ne pouvait rien faire pour lui, elle finit par trouver que cet acharnement à vouloir imposer une idée qui ne plaisait pas avait peut-être quelque chose de suicidaire. Tout en respectant son mari, bien sûr.

La crise était inévitable. Un soir, quand il fut seul au salon avec sa femme, Jean-Pierre dit:

— J'ai bien pensé à mon affaire... Y a rien qu'une solution. Je vais vendre la maison.

Marielle resta figée, sans voix. Quand elle réussit à parler, ce fut pour laisser échapper un misérable filet de voix tout strié de tremblements, comme si elle avait soudainement vieilli de quarante ans:

— Jean-Pierre... tu peux pas faire ça!

— Comment, je peux pas? C'est même tout ce que je peux faire pour avoir un peu d'argent, si je veux tourner mon film... Et je veux tourner...

— Mais te rends-tu compte de ce que tu fais! On est ici

depuis quinze ans, on est bien, c'est notre foyer... Mais...
Jean-Pierre, y a autre chose que le cinéma, dans la vie.

— Pour moi, en ce moment, y a rien d'autre que ce film-
là.

Marielle retrouva subitement sa voix de plaideuse pour
défendre la cause des «petits oiseaux sauvagement jetés en
bas du nid confectionné avec amour par les parents», mais
tout en parlant, elle regardait Jean-Pierre dans les yeux et
elle voyait bien que son discours était sans effet.

Alertés par ces dialogues qui montaient de plusieurs tons
à chaque réplique pour devenir presque des cris, les enfants
arrivèrent dans la pièce, le visage marqué par leur belle
inquiétude adolescente, celle qui d'habitude fait fondre le
«mauvais père» en larmes. Mais, obsédé par le but qu'il
voulait atteindre, les nerfs à vif, Jean-Pierre ne vit en eux
que les intrus qui venaient l'empêcher de convaincre sa
femme, et il les reçut avec un coup de bélier en plein front:

— Les enfants, sacrez-nous la paix! Allez regarder votre
télévision de couillons ou faire vos devoirs. Vous aurez les
résultats quand la discussion sera finie!

— Jean-Pierre, c'est pas une façon de parler à ta fille et à
ton fils!

L'éducation des enfants était un «moyen de pression» que
Marielle employait de plus en plus, car depuis quelques mois,
Jean-Pierre ne se conduisait pas comme un «bon père»...
Passe encore qu'il fût égocentrique, mais il y avait des limites
qu'elle ne voulait pas le voir franchir. Elle ajouta d'une voix
forte:

— On est en train de parler d'une chose qui regarde
toute la famille, «ta» famille, figure-toi, si ce mot-là a encore
un sens pour toi. Alors il faut que les enfants soient avec
nous.

Les enfants étaient mineurs, mais c'étaient ses enfants! Il
ne pouvait pas les traiter comme des inconnus. Vendre la
maison, cela voulait dire, pour eux, changer d'école, de
milieu social, et cette notion d'«environnement» avait déjà
commencé à faire son apparition dans les milieux dits
engagés. Le jargon sociologique avait déjà trouvé le mot

«tissu social», à croire que le monde ne faisait rien d'autre que tricoter cette immense chape psychologique dont nous sommes tous prisonniers aujourd'hui.

Donc, devant les enfants qui l'écoutaient plaider avec une certaine confiance teintée d'admiration, Marielle dressa un tableau terrible des conséquences fâcheuses que pouvait entraîner la vente de la maison. D'ailleurs, «fâcheuses» n'était pas le mot adéquat. Elle se reprit, prononça d'une voix terrible: «catastrophiques!»

Jean-Pierre laissait parler Marielle, l'écoutant attentivement, car dans un moment de crise comme celui-là, son esprit était d'une acuité extraordinaire. Mais en même temps il regardait son fils et sa fille que la maman Marielle voulait protéger contre les «misères» provoquées par un éventuel déménagement dans un autre quartier, songeant à tous ceux qui avaient dû fuir leur pays en bas âge à cause de catastrophes naturelles, de guerres ou de génocides, et il se disait que des êtres formidables avaient été façonnés justement par ces catastrophes... Il se disait aussi que si on a quelque chose dans le ventre, on finit par produire des fruits, quels que soient les accidents de parcours. Ainsi, au moment même où sa femme parlait avec le plus de conviction, il avait la certitude que ses rejetons étaient deux gosses de riches surprotégés, et que le meilleur moyen d'en faire des incapables dans la vie, c'était justement de les laisser se rouler dans la «douceur cotonnelle», péter dans la soie comme tous les morveux occidentaux qui pleuraient parce que le carburant, le beurre, le café et le champagne coûtaient trop cher.

Marielle fit claquer le dernier mot de sa période avec la certitude qu'elle avait réussi à toucher le cœur de son mari. Puis il y eut un silence pendant lequel Jean-Pierre regardait ses deux enfants mais ce n'était pas eux qu'il voyait. C'étaient Pierre et Jeanne dans leur chaloupe, s'embarquant pour un voyage périlleux, difficile, un voyage dont ils ne pouvaient prévoir les accidents. Or c'était justement cela qu'il y avait de mauvais dans l'approche de Marielle: elle voulait tout prévoir. Son fils et sa fille, au contraire, devaient s'embarquer et ramer, comme Pierre et Jeanne. Au diable le reste! Comme le silence se prolongeait, Marielle se sentit insultée.

— M'as-tu écoutée, au moins? lança-t-elle d'une voix outrée.

— Oui... Très bien. Pas la peine de crier comme ça... Je t'ai écoutée, entendue, comprise... Mais ça change rien à ma décision.

— As-tu déjà vu une tête dure pareille! Je viens de te prouver par A plus B que si tu vends la maison tu déranges tes enfants dans leur vie scolaire, et tu les déranges d'une façon qui peut compromettre leur avenir...

— Justement pas... Tu m'as rien prouvé du tout. Nos enfants pètent dans la soie et y a rien de plus mauvais. J'ai besoin de cent-cinquante-mille dollars, tout de suite, pour faire mon film. La seule façon de les avoir, c'est de vendre ma maison...

— C'est «ta» maison légalement parce qu'elle est à ton nom, mais moralement c'est aussi ma maison, notre maison et celle des enfants...

Marielle repartit en cinquième vitesse sur les obligations morales du conjoint et patati et patata. Cela dura cinq bonnes minutes, puis Jean-Pierre répliqua et on en vint aux cris de part et d'autre, d'autant plus facilement que les enfants, écœurés par cette scène qui s'éternisait et qui devenait disgracieuse, étaient retournés dans leur trou pour voir *Dallas* parce que J.R. était en train de séduire une belle fille...

Quand elle fut à bout d'arguments, Marielle alla s'asseoir en laissant échapper un gémissement désespéré. Puis il y eut un silence qu'elle aurait qualifié de dur. Du vrai granit... La réalité psychologique qui la liait et l'opposait en même temps à cet homme était comme du roc. Alors Jean-Pierre se leva, marcha lentement jusqu'à elle, la regarda longuement et dit d'une voix faible mais ferme:

— Marielle, y a rien au monde qui va m'empêcher de prendre les moyens pour faire mon film. Tu comprends?

Pour la première fois, elle vit quelque chose de formidable dans les yeux de Jean-Pierre. Une flamme qu'elle ne parvenait pas à définir, mais qui traduisait une force morale invincible. Cette force commandait le respect. Alors au fond d'elle-même elle s'inclina... sans trop de ressentiment envers lui. S'il était resté près d'elle, Marielle aurait fini par pleurer en lui disant qu'elle l'aimait, mais Jean-Pierre éprouva le besoin d'aller prendre l'air et il sortit lentement de la maison.

Dès le lendemain il téléphona à *La Presse* pour faire passer une annonce: «Beau duplex à vendre. Prix à discuter». Puis il alla voir un agent qui vint prendre une photo de la maison et planter une affiche dans la pelouse. Marielle vit cela en rentrant le soir et elle eut un coup au cœur, malgré son acceptation forcée de la veille. Elle ressentait cette rupture prochaine jusque dans sa chair. De nature plutôt nomade, quand ils ont passé dix ans quelque part, les Québécois ont l'impression d'y avoir pris racine. Marielle souhaitait que la vente ne se fasse pas, que Jean-Pierre soit obligé de chercher ailleurs, mais, malheureusement pour elle, le marché de l'immobilier était alors florissant. On achetait des maisons comme des voitures. Elle se résigna donc à commencer la visite des appartements à louer.

Le locataire du deuxième vint faire son tour, inquiété par la vente possible. Marielle était seule à la maison à ce moment-là, et elle ne put s'empêcher de dire qu'elle était malheureuse de quitter le quartier Notre-Dame-De-Grâce qu'elle adorait, mais que voulez-vous, «qui prend mari prend pays», et elle pensa que son pauvre Jean-Pierre, en vendant, perdait un revenu mensuel de trois cents dollars, mais le grand cinéaste avait sa fixation: FAIRE SON FILM ET MOURIR!

Maintenant Jean-Pierre passait ses journées à la maison, attendant le coup de téléphone du providentiel acheteur, tout en relisant son scénario et en faisant des corrections. En fait, le téléphone sonnait assez souvent, mais c'était Réjean le comédien ou Céline, qui appelaient pour faire leurs commentaires sur le scénario. Ils téléphonaient à toutes les dix pages environ, chacun leur tour pour crier dans le récepteur:

— Jean-Pierre! C'est formidable! Formidable! Si tu savais comme je suis contente (content), de travailler avec toi!

Jean-Pierre était flatté, rassuré, car il est difficile de bien faire jouer un comédien qui déteste son rôle, surtout quand on ne le paie pas... Mais il n'avait pas besoin de se le faire dire toutes les vingt minutes par ces jeunes gens qui avaient une culture plutôt maigre, comparée à la sienne. Il le savait bien, que son scénario était bon, et en plus il voulait laisser le téléphone libre pour l'acheteur éventuel qui allait appeler d'une minute à l'autre, il le sentait. Alors il disait «oui oui ça me fait plaisir» et il raccrochait le plus vite possible.

Mais au bout de cinq minutes ça sonnait de nouveau et cette fois c'était Roland, le caméraman, qui hurlait:

— Jean-Pierre, baptême! Te rends-tu compte de ce que ça va être, tourner ça, avec les pauvres moyens qu'on a! Sur l'eau! Toujours sur l'eau!

— Oui, Roland, je sais... Mais on va y arriver, tu vas voir... Les dieux sont avec nous...

— Ah! Oui! J'ai hâte de les voir à l'œuvre, tes dieux, quand le vent d'est va soulever des lames de dix mètres de haut...

Écœuré, Roland raccrochait sans avoir félicité Jean-Pierre pour la force de son scénario. Mais ce dernier n'en éprouvait aucune amertume. Considéré par tous comme le meilleur caméraman de Montréal, Roland avait accepté de travailler à 50 % de son salaire normal, par amitié pour Jean-Pierre.

Aux heures où il estimait peu probable de recevoir un appel d'un éventuel acheteur, Jean-Pierre décrochait le téléphone pour faire son «magasinage» d'équipement. Il fallait de la pellicule, une caméra 35 mm, une chaloupe (en bois ou en aluminium? En aluminium, parce que ça va être plus facile pour le rameur), un radeau motorisé pour y installer la caméra, les accessoires, l'équipe, et surtout une tête gyroscopique pour garantir une certaine stabilité à la caméra. Sans le sou, Jean-Pierre discutait comme un damné, demandait des rabais:

— C'est pas M.G.M. qui vous appelle! C'est un ti-cul de Québécois. Vous pourriez pas faire un effort pour aider le cinéma d'auteur?

Mais, à Montréal, certains réalisateurs faisaient des films qui rapportaient de l'argent. Pourquoi les hommes d'affaires auraient-ils fait la charité à un illuminé comme Jean-Pierre? Cela dura des jours et des jours, sans résultat concret.

Au bout de deux semaines, seulement quatre ou cinq clients avaient téléphoné pour demander à voir la maison, mais ils avaient trouvé que le prix à payer était trop élevé. Jean-Pierre commençait à douter de sa bonne étoile. Et Marielle ne pouvait s'empêcher de rigoler un peu en douce...

Un soir, avant de s'endormir, elle lui demanda:

— Qu'est-ce que c'est, les principaux personnages de ton film?

D'une discrétion presque insultante, Marielle ne lui avait jamais posé de questions sur son travail.

— Un jeune homme et une jeune femme.

— À part ça?

— C'est tout. Y a seulement deux personnages, tout le long du film.

— Les interprètes, c'est qui?

— Céline et Réjean, répondit Jean-Pierre sans hésiter, puisque pour lui, son histoire avec Céline était si loin qu'elle avait presque disparue dans le temps.

— Céline... Évidemment!

La brûlure était là, dans sa chair. Une toute petite pointe qui se frayait un chemin vers la racine du cœur.

— Voyons! Tu sais bien que c'est fini entre nous...

Comment le savoir vraiment, puisqu'il ne lui disait rien?

Et l'agacement de Marielle fut assez désagréable pour la pousser à se relever et aller fumer une cigarette dans la salle de séjour. C'était d'autant plus «maudissant» que depuis deux ou trois semaines elle était incapable d'aller faire l'amour avec le «jeune homme»... Comme si elle s'était installée sur les mêmes rails psychologiques que son mari. Elle était avec lui... «C'est-y bête un peu, pendant que lui, peut-être, s'envoye probablement en l'air avec son actrice préférée!»

Alors le lendemain, c'est elle-même qui téléphona au jeune «bouc» pour lui laisser entendre qu'elle avait envie de se distraire avec lui... Rendez-vous fut pris sur-le-champ, et ce jour-là, comme elle était pressée, elle se rendit à l'appartement de son «amant» au lieu d'aller déjeuner. «Je vais quand même pas me laisser rouler jusqu'au bout, comme une tarte finie...»

Tout allait très bien, elle le trouvait encore plus désirable qu'avant, solide, élégant, ferme de peau et de muscles, mais au moment de se dévêtir pour mettre son corps à la disposition de cet «étranger», une force plus grande que le désir et le besoin de vengeance l'arrêta. Elle fut incapable d'aller plus loin, subitement frappée par une drôle de certitude, quelque chose qu'elle formula de la façon suivante: «L'amour n'a pas de visage...» Elle ne savait trop pourquoi mais il était certain que c'était à cause de cela qu'elle devait se rhabiller. Comment expliquer une telle abstraction à un mâle tout entier dans son membre dressé, secoué par la chaleur et le frémissement de la chair, aveuglé par son désir? Impossible.

— Qu'est-ce que je t'ai fait? Qu'est-ce que j'ai dit?

— Rien. Excuse-moi, je t'en prie, c'est pas du tout à cause de toi je te le jure...

Il voulut en savoir davantage, blessé dans son orgueil d'étalon frustré d'une performance, mais dès qu'elle eut enfilé sa robe, Marielle sortit sans prendre le temps de rajuster sa coiffure. Dans la rue, près de sa voiture, sous le soleil de midi, elle s'arrêta et prit conscience de ce qu'elle voyait: des arbres, des maisons, de la lumière, des voitures, des passants qui vivaient. Pour la première fois de sa vie elle perçut globalement toute cette réalité qui se présentait à elle, et elle la sentit battre à un rythme d'une puissance inouïe, plus fort que le rythme de tous les cœurs du monde réunis. À partir de ce moment-là, elle accepta l'idée de laisser aller la maison, pour aider Jean-Pierre à réaliser ce projet qui était devenu toute sa vie.

Mais le temps passait et il n'y avait pas encore un seul acheteur sérieux qui s'était présenté. En même temps, Jean-Pierre avait fini par dénicher l'équipement dont il avait besoin: la fameuse chaloupe en aluminium qu'il allait acheter, le radeau motorisé qu'il allait louer (deux cents dollars par jour), la tête gyroscopique pour stabiliser la caméra (cent dollars par jour), la pellicule, et quelques accessoires indispensables sur un tournage. Il lui fallait un machiniste, une maquilleuse et une scripte-assistante. Il aurait bien aimé se passer d'une maquilleuse et filmer les visages tels quels, mais c'était impossible puisque les personnages devaient vieillir d'une quarantaine d'années en cours de tournage. Il n'avait même pas les moyens de s'offrir un assistant. Roland venait voir Jean-Pierre, le regardait faire ses additions, ou plutôt ses soustractions, et malgré toute l'affection qu'il éprouvait à l'endroit de son ami dont il admirait le talent, il se demandait s'il n'avait pas fait une folie en acceptant un pareil contrat.

Le soir, Marielle allait voir des appartements à louer, mais elle ne trouvait rien à son goût. Toujours trop chers, car il fallait au moins trois chambres à coucher. Or Jean-Pierre allait partir avec l'argent de la vente et elle allait devoir tout payer elle-même pendant «un certain temps»... Peut-être pour toujours... si son homme se cassait la gueule. Il faut dire aussi que Marielle aimait les vrais murs des vraies maisons. La froideur des appartements modernes, pas plus vivants que l'acier, lui glaçait le sang. Donc, même quand elle en visitait un qui eût été convenable, elle partait en frissonnant, disant qu'elle allait y réfléchir.

Resté à la maison, Jean-Pierre attendait la sonnerie du téléphone. On était rendu au 20 mai et il voulait absolument commencer le tournage le 21 juin, premier jour de l'été. Il attachait une importance superstitieuse à cette date. Mais l'acheteur-sauveur ne se présentait toujours pas. Céline et Réjean piaffaient d'impatience. Roland menaçait d'accepter un autre contrat, un «vrai»... Le soir, Jean-Pierre était à bout de nerfs. Marielle s'étendait près de lui, posait une main douce sur son épaule. Il laissait entrer sa chaleur en lui puis il finissait par s'endormir.

Il y avait maintenant deux ou trois appartements, dans le quartier Côte-des-Neiges, dont le prix et la disposition des pièces convenaient plus ou moins à Marielle. Elle demanda à Jean-Pierre de venir les visiter avec elle.

— Pourquoi faire?

— Ben... Pour que tu saches où on s'en va habiter, c't'affaire!

— Ça m'intéresse pas tellement... Je déteste les appartements... L'un ou l'autre, pour moi, c'est pareil...

Marielle faillit faire une crise de nerfs, mais elle voyait maintenant les choses d'un autre œil.

— De toute façon, c'est temporaire... Avec mon film, je vais faire assez d'argent pour acheter une autre maison...

Marielle jeta le reste de son café dans l'évier et partit pour la cour où elle plaida, la voix incisive, l'œil perçant. Elle gagna son procès!

Puis le téléphone sonna au moment où Jean-Pierre relisait la scène où Pierre et Jeanne se querellaient. Il aimait beaucoup cette scène de mutilation accidentelle... Tout comme le spermatozoïde et l'ovule se rencontrent par accident...

— Il y a un couple qui voudrait visiter votre maison...

— Ils peuvent venir tout de suite, je les attends.

Mais ça, le rapport entre la fécondation accidentelle et la mutilation accidentelle d'un conjoint, il n'y avait pas un seul spectateur qui allait pouvoir le faire... «Ça va passer dans le beurre... Je devrais peut-être la couper... Ou la faire moins violente...» Il mit une note sur son scénario pour en discuter avec Céline, qui avait un bon jugement sur ce genre de choses... Jean-Pierre se fiait toujours à l'instinct des femmes...

Un jeune couple charmant entra, dans la trentaine. En voyant Jean-Pierre, la femme s'exclama:

— Mais c'est vous! Le réalisateur de cinéma!

Elles ont de l'instinct mais pourquoi perdent-elles les pédales quand elles se trouvent devant un homme qui fait autre chose que du taxi?

— Oui, c'est moi, ma maison est en vente parce que je m'en vais...

— Vous partez! Mais c'est pas possible! On a besoin de vous ici au Québec!

Jean-Pierre eut envie de dire que le Québec, il l'avait de travers dans le cul, mais ils avaient l'air riches et il ne voulait pas perdre ce client qui était le premier vrai poisson...

— Je pars mais je vais revenir...

— Vous allez tourner un film à l'étranger?

— Non, je vais faire un stage de formation... en Italie...

— Oh! Oui! Formidable, l'Italie, pour le cinéma, Zorba le Grec, tout ça...

— Oui, oui, formidable...

Le mari regardait par la fenêtre.

— Combien?

— 160,000 dollars, dit Jean-Pierre, tout en se disant que c'était le salaire moyen d'un acteur qui travaillait peu aux États-Unis... La femme dit joyeusement, d'une voix surprise et haut perchée:

— 160,000!

Ce qui voulait dire: «Mais c'est donné!» Jean-Pierre, qui avait simplement dit le prix fixé avec son agent, se mordit la langue, sûr qu'il venait de perdre au moins 15,000 dollars.

— C'est pas très cher... d'autant plus que la maison rapporte trois cents dollars par mois...

— C'est vrai, dit le mari... Très bien...

— Parlons donc de vos locataires, justement, dit la femme. Comment sont-ils?

— Tranquilles... Un couple d'Anglais, un enfant seulement. On ne les entend pas...

— Des Anglais! Ah! Non! J'aime pas les Anglais... On va aller ailleurs, hein mon chou...

— Désolé, fit le mari, soumis, et ils sortirent aussi allègrement qu'ils étaient entrés...

Le seul qui n'avait pas le temps de se faire du souci, c'était Réjean, qui allait deux fois par semaine dans le nord pour faire de la chaloupe sur un lac, afin de s'habituer à ramer. Callosités aux mains et gros biceps aux humérus, il attendait le tournage d'un pied ferme, sans se casser la tête: «Jean-Pierre est un grand chef, y va tout arranger ça...»

Le 24 mai, jour de la Reine et fête de Dollard, un autre jeune couple entra. Ils étaient moins fortunés que les autres, mais très gentils. Ils aimaient beaucoup la maison et trouvaient avantageux d'avoir un locataire anglophone, pour faire apprendre plus facilement l'anglais à leur fils (!), mais ils demandaient un rabais de 10,000 dollars. Il était absolument impossible d'accéder à cette requête, étant donné que le prix fixé était déjà inférieur au prix normal.

— Au revoir...

Ils sortirent, la mine basse. Jean-Pierre alla faire pipi tout en se regardant dans la glace. Alors il s'aperçut qu'il avait maigri, depuis quelques semaines...

Il y eut le 25, le 26, le 27 mai. Un beau printemps...

— Jean-Pierre!

Ça hurlait de tous les côtés.

Le mois de juin éclata comme une bombe. Un homme entra, fit le tour des pièces et prit rendez-vous avec Jean-Pierre chez le notaire. Il était pressé. «Pas autant que moi!», pensa Jean-Pierre.

Quand le contrat fut signé, Marielle eut une belle réaction instinctive. Au lieu de louer un appartement au nom de Jean-Pierre, elle s'acheta un petit condo dans l'est de la ville, à son nom, pour se rapprocher du Palais de justice...

Silence!
Trois, deux, un... Coupez!

Le dix-neuf juin, à dix heures du matin, Jean-Pierre sortait du pont Champlain au volant de sa voiture et prenait la direction de Québec. Céline était assise à sa droite, Réjean somnolait sur la banquette arrière à la gauche de Madeleine, la maquilleuse. Roland, le caméraman, était dans sa voiture avec Raynald, le preneur de son, quelque part sur l'autoroute, tandis que Robert, le machiniste, suivait au volant d'un vieux camion qui transportait la chaloupe, le radeau motorisé et les accessoires. C'était là toute l'équipe qui s'en allait à Rimouski pour tourner un long métrage.

Quand il s'engagea sur la 20 à la hauteur du tunnel L.-H.-Lafontaine, Jean-Pierre reçut un beau rayon de soleil en plein visage et il pensa aux «commencements du monde...» Les défricheurs, les pionniers, les bâtisseurs, les premiers... Oui, il s'en allait tourner un film comme au temps de la caméra à manivelle! La charrue et les bœufs... Jean-Pierre avait tellement lutté pour arriver à cela seulement, partir vers le lieu de tournage, qu'il avait le sentiment que c'était gagné. Son but était atteint! Rien de plus salutaire que cette griserie engendrée par l'espoir.

Il faut dire que les derniers jours avaient été riches en émotions, en coups de gueule et en altercations, soit avec

Marielle, soit avec les enfants. En une semaine, il avait fallu signer le contrat de vente, déménager dans le condo que Marielle avait acheté elle-même, négocier la location de la tête gyroscopique pour la caméra, la location du radeau motorisé, l'achat de la chaloupe, l'achat des costumes, des accessoires, etc. Comme tout était conditionné à la vente de la maison, rien n'avait pu être fait avant cette transaction qui était survenue au dernier moment. Soixante pour cent du maigre budget avait été englouti dans les achats et locations de «machinerie»... On s'en allait vers des problèmes insolubles, mais au moins on allait tourner! Pour Jean-Pierre, c'était tout ce qui comptait. Il jeta un coup d'œil à Céline qui lui sourit en retour. Entre eux, il n'y avait plus de ces tensions provoquées par la passion, et qui gâchent tout. Maintenant, c'était la douce paix de l'amitié et de l'idéal également partagés. Céline était devenue un beau sourire qui s'étale sur un visage empreint de sérénité. Mais elle n'était pas une «rose du Bengale» pour autant, sans épines et sans odeur! Non! Dans ses yeux, derrière l'irisation du sourire, il y avait toujours le bouillonnement de la vie que l'on sentait prêt à éclater.

Or tout en la regardant il pensait à Marielle qui avait été sublime au cours des dernières semaines. Sublime malgré leurs prises de bec inévitables, compte tenu de ce dérangement qu'il imposait à sa famille, lui, l'artiste qui ne s'accordait pas le droit de fléchir. Il y avait même eu un soir où elle lui avait crié:

— Je commence à avoir hâte que tu foutes le camp pour qu'on ait la paix, les enfants et moi! Tu comprends? Sacre ton camp au plus vite, va le tourner ton maudit film de merde avec ta putain de Céline que t'as pas pu t'empêcher de prendre avec toi encore une fois...

Mais quelques minutes plus tard elle lui tombait dans les bras, lui demandait de l'excuser parce qu'elle n'en pouvait plus, et elle lui souhaitait de réussir... Ce soir-là ils avaient dormi au milieu des caisses empilées, dans un désordre de porcherie, sur un matelas couvert d'un vieux drap sale. Puis il y avait eu le départ. Un long regard échangé, un regard long de dix-huit ans qui s'enroulait autour de leurs cœurs et qui les liait l'un à l'autre une dernière fois. Enfin Marielle l'avait pressé contre sa poitrine en disant:

— Je t'aime. Tâche de faire du bon travail... Bonne chance... Je suis avec toi, tu le sais...

— Merci, Marielle. Merci.

C'est tout ce qu'il avait été capable de dire, parce que l'émotion lui nouait la gorge. Elle avait levé la main en signe d'au revoir et il avait pensé, juste à ce moment-là, au dernier baiser que Céline lui avait donné, au moment de leur rupture officielle. Elle avait touché ses lèvres avec le bout de son index puis elle avait posé son doigt sur sa bouche. Un beau geste, un geste d'une délicatesse qui était particulière à Céline... Comme son rire et les propos grivois qu'elle pouvait inventer, à certains moments...

Dans la voiture, il tourna la tête vers elle. Comme on était à deux doigts du solstice d'été, il faisait très chaud et elle portait un short. Son pied gauche était posé sur son genou droit et ses mains étaient croisées sur son genou gauche, pour le retenir. Ainsi, il pouvait voir la petite phalangette qui avait transporté le dernier baiser de son ex-maîtresse à ses lèvres. Alors Jean-Pierre eut une poussée d'exaltation, un gonflement du cœur, parce que la beauté de certains instants est aussi fragile que puissante...

À midi, ils se retrouvèrent dans une baraque appelée pompeusement restaurant où on sert des pizzas et du poulet b.b.q. Ils burent du coke bien frappé et mangèrent en échangeant des blagues plus ou moins salées, riant de tout et de rien. À les voir, comme ça, on aurait cru qu'ils s'en allaient en vacances, un peu au hasard des routes. Des gens qui n'avaient rien à faire...

Il était quatre heures quand ils arrivèrent à Rimouski. Il fallut s'attaquer à certains problèmes pratiques, malgré la fatigue du voyage. Comme il n'y avait pas assez d'argent au budget pour aller à l'hôtel, Jean-Pierre installa sa petite famille sur une banquette de «restaurant» puis il partit à la recherche d'une maison de pension. On le revit seulement à huit heures du soir, le sourire triomphant. Il avait trouvé! On n'en pouvait plus de l'attendre, mais l'enthousiasme de Jean-Pierre, sur un tournage, était quelque chose de magique.

Majestueux, le soleil se leva sur la journée du 20 juin, frappant l'aridité du paysage avec sa force divine. Dans le bas du fleuve, il y a des moments, comme cela, où la nature cherche à se faire pardonner sa dureté par la grandeur et la limpidité de la lumière.

Dès sept heures du matin, Jean-Pierre était déjà à l'embouchure de la rivière pour préparer le tournage du lendemain. Il fallait mettre la chaloupe à l'eau, vérifier son étanchéité, son poids, sa capacité, etc. Puis faire la même chose avec le radeau, sur lequel on installa la caméra pour aller faire un petit tour de repérage. Roland avait la trouille, mais il ne disait rien pour ne pas avoir l'air d'un rabat-joie vis-à-vis de Jean-Pierre. Il savait bien, cependant, que tourner sur l'eau était une entreprise difficile, même pour quelques scènes. Faire tout un film sur le fleuve Saint-Laurent, c'était de la folie, et il se demandait comment il avait pu dire oui à Jean-Pierre. L'amitié n'était pas la seule explication. Roland se disait parfois que la folie elle-même, la démesure de l'entreprise l'attiraient lui aussi, comme un vertige irrépressible vous entraîne vers le gouffre. Ils étaient donc là tous les trois, Jean-Pierre, Roland et Robert, à forcer pour soulever, hisser, pousser, faire glisser, suant, riant, et quelques badauds les regardaient, incrédules, surpris, se demandant ce que les gens de la ville pouvaient bien venir faire dans leur paysage que rien n'avait troublé depuis le commencement du monde. C'étaient des vieux ou de jeunes gaillards qui vivaient sur le B.S. N'ayant rien à faire, ce spectacle était le bienvenu, et le premier moment de timidité passé, ils offrirent la force de leurs bras pour aider ces «messieurs» qui n'avaient pas l'air très costauds...

— Qu'est-ce que vous allez faire? demanda un jeune homme plus curieux que les autres.

— On va s'amuser, dit Roland le plus sérieusement du monde, pensant à toute la merde qu'il allait manger au cours des quatre ou cinq prochaines semaines.

— On va faire un film...

— Un vrai film, avec des acteurs?

— Oui...

C'était la première fois qu'une caméra de film venait à Rimouski pour tourner un long métrage. Dans les yeux de ces gens simples, Jean-Pierre vit l'émerveillement qu'il aimait voir dans les yeux des enfants, et il fut heureux, convaincu de faire un métier qui n'avait pas son pareil.

L'événement le plus important de la journée, pour Jean-Pierre, fut de découvrir que le premier plan du film, qui devait commencer par un pano gauche-droite, allait en fait commencer par un mouvement droite-gauche, afin de ne pas montrer le beau paysage du Bic dès le premier plan. Il voulait que ce soit une surprise pour Jeanne, la jeune femme de son film. Pour le reste, tout allait très bien.

On regarda le soleil se coucher au bout de l'Île St-Barnabé, grandiose, puis on alla se mettre au lit. Pendant le repas, pris «en famille», Jean-Pierre s'aperçut que Réjean taquinait Madeleine la maquilleuse, qui était une belle femme. Elle répondait bien à ce jeu, et il devina que ces deux-là allaient finir dans le même lit. Pourtant, il avait bien pensé que Céline allait être la «compagne» toute désignée de l'acteur... Mais non. Céline ne jouait pas ce jeu-là. Elle avait l'air d'être entièrement réservée à son rôle.

Puis ce fut le 21 juin, le premier jour de l'été et le premier jour de tournage. A huit heures, Jean-Pierre eut un grand frisson suivi d'une formidable bouffée de chaleur. Sans assistant, il prit la claquette, s'approcha de la caméra, la plaça devant l'objectif et dit:

— *Roue Dentelée* scène 1, plan 1, prise 1!

Clac... Le bruit de la claquette couvrit le son brisé de sa voix. Il avait les larmes aux yeux. Roland fit pivoter la caméra pour l'axer sur la rivière, vers le sud, et au bout d'un moment il dit:

— Cadré...

Jean-Pierre fit un décompte de sept à huit secondes puis il dit:

— Mouvement... lentement... lentement... La caméra pivota vers l'est, puis arriva au fleuve qui lançait des plaques de soleil aux quatre coins du monde. Enfin elle découvrit Pierre et Jeanne qui chargeaient la chaloupe en silence, se passant les objets de mains à mains: du pain, une cruche, un poêle à gaz, etc.

— Coupez! cria Jean-Pierre au bout de quelques secondes, puis il s'approcha de Céline pour lui dire qu'elle devait être plus souriante, plus enthousiaste, plus...

— Tu te prépares à partir pour le voyage de ta vie, tu comprends ma chérie... Il faut que tu sois comme une jeune mariée le matin de ses noces...

— Oui Jean-Pierre, excuse-moi...

Réjean se contenta de regarder le metteur en scène d'un œil interrogateur, et comme ce dernier ne disait rien, il en conclut qu'il jouait bien son rôle... Ce qui n'était pas tout à fait vrai mais Jean-Pierre voulait commencer lentement. On reprit le plan une deuxième fois, puis on entendit «coupez!» dès les premières secondes de l'action. Cette fois, c'était Réjean qui avait trébuché.

Il fallut faire huit prises de ce premier plan et alors Jean-Pierre dit que c'était parfait, qu'il était très content, que le premier plan du premier jour de tournage était toujours le plus difficile. Ensuite il fit une série de gros plans des objets qu'ils embarquaient, surtout du couteau...

— Très important, le couteau... Il faudrait que la lame brille au soleil... Regarde-le, Réjean, et examine la lame avant de le poser dans la boîte...

Effectivement la lame brilla, lançant des éclaboussures de lumière.

— C'était bon, Roland?

— Très bon...

Puis on envoya les deux personnages s'habiller en mariés, pendant que le reste de l'équipe préparait le plan suivant. Au bout d'une demi-heure à peine Jean-Pierre plaçait de nouveau la claquette devant l'objectif en disant:

— *Roue Dentelée* scène 1, plan 4, prise 1 (clac!).

— Cadré.

— Action!

Souriante, Jeanne regardait Pierre, puis elle levait le bras pour lancer son bouquet de mariée dans le fleuve. Un petit bouquet fait de trois fleurs seulement. Jean-Pierre voulait trois fleurs disposées en forme d'oiseau, l'oiseau étant le symbole du sexe mâle...

— Tu veux jeter ton cul à la mer? avait demandé Céline en riant.

— Y a plus personne qui en veut, avait dit Roland en faisant un gros plan du bouquet, mais Jean-Pierre s'était contenté de sourire, tout entier à son travail, ne voulant pas se laisser emporter dans une conversation frivole, comme il les aimait autrefois. En réalité, il ne savait pas exactement pourquoi il voulait que le bouquet de la mariée fût un tel symbole et jeté à la mer, mais il avait la certitude profonde qu'il devait faire cela exactement. Il comprendrait plus tard...

Ensuite il fallut faire changer les comédiens de costumes et se préparer au plan du départ. Ce qui demanda une heure. Midi approchait.

— Il faut absolument faire ce plan-là avant le repas, vite!

Après seulement deux heures de tournage, la petite équipe était déjà une famille, le preneur de son agissant comme machiniste quand il le fallait, ou comme assistant-caméraman, Roland faisant parfois le travail de l'assistant-réalisateur, la maquilleuse aidant le machiniste, etc. Jean-Pierre donnait l'exemple en touchant à tout lui aussi.

— Plan 6, prise 1! (clac!).

— Cadré.

— Action... Merde! Coupez!

Au moment du départ, Pierre devait embrasser Jeanne, la faire asseoir, puis prendre les rames et faire avancer la chaloupe... Mais en faisant asseoir Jeanne il perdit l'équilibre et tomba à l'eau...

Céline ne put s'empêcher de rire. Jean-Pierre se précipita pour aider Réjean à remonter dans la chaloupe. Deux heures de perdues.

— On va manger tout de suite...

Roland resta impassible. «Je le savais... Un tournage sur l'eau... On n'est pas sorti du bois mes enfants...»

Ce jour-là, on ne fit qu'une dizaine de plans, alors qu'il y en avait quinze de prévus... Le soir, après le dîner, Jean-Pierre mangea rapidement, alla faire une promenade sur le bord du fleuve mais il se sentit vite fatigué et rentra pour se coucher.

Il trouva Céline au salon, lisant le journal local. Elle lui fit un beau sourire, se leva puis l'embrassa du bout du doigt, comme elle l'avait fait quand il était allé la voir pour rompre officiellement.

Dans la salle de bains, Jean-Pierre se trouva devant la glace. Là, il se passa quelque chose de terrible: à la fin de ce premier jour de tournage, Jean-Pierre s'aperçut qu'il avait vieilli! Comme s'il avait perdu plus d'un an au cours de cette seule journée! Il alla s'asseoir sur le lit, puis retourna devant la glace, se disant qu'il avait peut-être mal vu. Non! Il avait vieilli! C'était visible à l'œil nu! Il avait des rides qui étaient neuves et des cheveux grisonnants, ce qui était nouveau!

Jean-Pierre s'allongea sur le lit sans se dévêtir. Là, il se laissa pénétrer par l'odeur de la nuit fraîche que sa fenêtre ouverte laissait entrer. La nuit concoctée par le fleuve et ses émanations salines... La nuit la plus courte de l'année... Il essaya de retrouver la belle définition du temps qu'il avait formulée quelques semaines plus tôt, mais il fut dérangé par des craquements qui venaient du couloir. Il y avait quelqu'un qui marchait en essayant de ne pas trop faire de bruit mais c'était peine perdue. Les vieilles planches de bois criaient... Il entendit frapper à la porte voisine, trois petits coups discrets. La porte s'ouvrit, puis se referma sur Réjean et Madeleine qui s'embrassaient, qui tombaient sur le lit. Jean-Pierre entendit leurs ébats, leurs gémissements de plaisir, leurs soupirs, tout en imaginant chacun de leurs gestes. Alors il se souvint avec émotion de ces belles dépenses d'énergie qu'il avait connues lui-même... Il était heureux pour ce couple nouvellement formé qui luttait contre le temps, contre la mort... Et c'est ainsi qu'il s'endormit, épuisé, avec le bruit du plaisir des autres comme musique de fond.

C'est par un temps magnifique, mer d'huile, soleil pur et odeur de miel, que Roland installa sa caméra sur le fameux radeau, avec la tête gyroscopique louée à cent dollars par jour. Curieux, les goélands tournaient à faible distance au-dessus de ces êtres bizarres qu'ils n'avaient jamais vus, laissant couler leurs plaintes aussi longtemps que leurs vols planés. Mais les cinéastes ne jetaient rien à la mer et les charognards devaient se contenter de regarder.

Dès le deuxième jour, Jean-Pierre voulait marquer le vieillissement chez les personnages, et il s'approcha de Céline pour l'examiner avant de monter sur le radeau.

— Madeleine, je pense qu'il faudrait ajouter quelques rides à Céline...

Mais cette dernière regarda Jean-Pierre sans dire un mot, se rendant compte qu'il avait vieilli depuis la veille. Elle allait ouvrir la bouche pour manifester son étonnement mais elle décida de ne rien dire, craignant de l'offenser et surtout de se tromper.

Souriante, Madeleine s'exécuta, et Jean-Pierre la regarda travailler, la main agile, tout en pensant aux caresses que cette main avait prodiguées la veille. Il était heureux du plaisir qu'elle avait connu, sans être jaloux de celui qu'elle avait donné.

On tournait la scène de la «tentation». La chaloupe arrivait à la pointe de l'Île Saint-Barnabé, Jeanne voyait la plage, l'herbe verte, un vrai petit paradis. À l'arrière-plan il y avait les pitons du Bic plantés dans une jolie baie et formant comme un décor de fête champêtre. Alors elle disait à Pierre:

— Regarde comme c'est beau! On devrait s'arrêter un moment...

— Scène 4, plan 1, prise 1, (clac!).

— Regarde comme c'est beau!

— Coupez!... Céline...

Sur le radeau, Jean-Pierre se pencha pour mieux communiquer avec la jeune actrice, mais il perdit l'équilibre et il serait tombé à l'eau si Roland ne l'avait accroché par la queue de chemise. Un rire nerveux monta vers les goélands qui hurlaient à la charogne.

— Céline, c'est pas tout à fait ça... Oublie pas que Jeanne veut aller faire l'amour dans l'île... Il faut sentir ça dans ton regard et dans ta voix... O.K.?

— Oui, Jean-Pierre. Je vais essayer d'en mettre un peu plus...

— Plan 1, prise 2, (clac!).

Alors Céline eut un lapsus terrible. Avec toute la sensualité dont elle était capable, elle dit:

— Jean-Pierre, regarde comme c'est beau...

— Coupez!

Tout le monde éclata de rire, excepté Céline qui était convaincue d'avoir eu la bonne intonation et la plus sensuelle expression du visage.

— C'était pas bon?

Elle était adorable de spontanéité, et tout en riant, Roland se disait qu'il serait bien allé faire un pique-nique avec elle dans l'île, plutôt que de se fendre le cul sur ce radeau. Doucement, Jean-Pierre lui dit:

— Céline, c'est à Pierre que tu t'adresses, pas à moi...

Alors elle éclata de rire en rougissant, car tous les membres de l'équipe étaient au courant de son aventure avec le réalisateur.

— Prise 8, (clac!).

— Pierre, regarde comme c'est beau!

— Coupez!

Dans le couloir formé par la rive sud du fleuve et la plage de l'île, une petite brise s'éleva, venant de l'ouest. C'était le souffle de l'inquiétude. Il y eut un long moment de silence douloureux. Ne sachant plus quoi lui dire, Jean-Pierre changea la mise en scène de Céline. Il lui demanda de se lever, d'aller s'accroupir devant Réjean et de lui caresser les genoux.

— Robert, fais pivoter la chaloupe un peu, ça va être meilleur pour l'angle de la caméra.

— O.K. patron.

— Plan 1, prise 9.

Céline se leva mais comme elle n'avait pas l'habitude de marcher ailleurs que sur le plancher des vaches, elle perdit l'équilibre et tomba sur Réjean qui dut lâcher ses rames pour la retenir dans ses bras. Exaspérée, elle se mit à pleurer tout en demandant pardon à Jean-Pierre. Réjean fut troublé par cette jeune chair frémissante que la douleur agitait de spasmes nerveux. Alors, sans se soucier de Madeleine qui l'observait du radeau, il la pressa contre sa poitrine en lui parlant doucement pour la calmer.

— Quand tu seras prête, Céline... T'en fais pas, c'est pas grave. Je suis sûr que ça va être la bonne prise.

Comme réalisateur, Jean-Pierre était capable de mentir avec la plus belle sincérité du monde.

— Attention, point de départ... Prise 10, (clac). Cadré. 3, 2, 1, action!

Céline fut tellement convaincante que Réjean eut du mal à lui répliquer:

— On n'est pas là pour s'amuser à faire des pique-niques sur l'herbe. On n'a pas le temps...

— Coupez! Formidable, Céline! Bravo!...

Jean-Pierre sentit une vague de fatigue lui passer dans les jambes, mais il l'ignora. Impatient, il s'attaqua au plan suivant. C'était la fin du jour, le beau soir d'été, et les deux personnages faisaient l'amour. La caméra était placée à même le plancher du radeau, sans trépied, et on voyait les jambes nues de Céline nouées autour des reins de Réjean qui faisait les mouvements habituels de la copulation. De petites vagues devaient faire onduler la chaloupe, de sorte que le dos et les jambes de Céline disparaissaient de l'objectif et réapparaissaient régulièrement. On entendait un clapotis qui apportait une ambiance tout à fait érotique à la scène. Mais la mer était calme et c'est Robert qui dut agiter la chaloupe au rythme voulu. Céline s'était dévêtue sans hésiter mais Jean-Pierre avait été tout surpris de n'éprouver aucun pincement au cœur. Décidément, le temps était une machine qui pouvait tout avaler...

Puis ce fut le soir, le repas frugal pris en «famille» avec les commentaires sur les événements de la journée, les rires faciles mais généreux, amicaux. Jean-Pierre sortit faire sa promenade sur la jetée, le long du boulevard Saint-Germain, regardant le fleuve avec avidité, comme pour essayer d'assimiler son immensité, son mystère... Qu'y avait-il, au milieu, là-bas, avant d'aborder à Baie-Comeau? Tout... et rien...

Jean-Pierre s'aperçut qu'il retardait son retour à la pension, sans doute parce qu'il avait peur du miroir... Alors il fit demi-tour pour rentrer d'un pas décidé. Il voulait voir le plus tôt possible. Savoir!

Comme la veille, il trouva Céline qui l'attendait au salon, craintive, faisant semblant de lire le journal.

— Jean-Pierre, je m'excuse... J'ai pas été très bonne... J'ai même été pourrie... Je suis désolée. Demain, je vais essayer de faire mieux.

Emmêlée à son dévouement, sa fragilité avait quelque chose de poignant. Alors il faillit la prendre dans ses bras pour l'étreindre mais il eut peur de son propre corps. Il posa doucement une main chaleureuse sur son épaule et lui dit de ne pas s'inquiéter, que tout le monde travaillait dans des conditions difficiles, qu'il avait toujours confiance en elle, ce qui était absolument vrai, et d'ailleurs elle sentit qu'il ne mentait pas. Alors elle posa le bout de son index sur sa bouche et porta le baiser sur les lèvres de Jean-Pierre.

— Bonne nuit...

Quand il fut dans sa chambre il se précipita devant la petite glace de la toilette. Oui, il avait plus de cheveux gris que la veille. Pour lui, c'était évident. Il trouva même que ses joues avaient creusé. Il tâta ses cuisses... Oui, moins de «viande» que la semaine précédente... Voilà. C'était cela que sa chair avait pressenti quand il s'était mis à pleurer, le soir de sa première, plusieurs mois auparavant.

Quand il se mit au lit, il s'aperçut que Réjean et Madeleine étaient déjà à l'œuvre dans la chambre voisine, trimant tous les deux comme des forcenés, cherchant à s'aveugler sur leur sort... Alors il eut une impression étrange: il lui sembla qu'il savourait le désespoir qu'il y a dans les gestes de l'amour...

Puis il pensa à Réjean le comédien, se rendant compte qu'il ne lui faisait jamais de remarques, alors qu'il pouvait donner l'impression de s'acharner sur Céline, qui avait pourtant beaucoup de talent... Jean-Pierre se proposa de faire attention le lendemain, et il s'endormit en entendant: «Oui! Oui! Viens!»

Le soleil cognait sur l'eau qui renvoyait ses rayons en milliards de plaques d'argent. Le radeau tirait la chaloupe vide et transportait toute l'équipe au-delà de l'Île Saint-Barnabé, parce que maintenant les voyageurs devaient être en pleine mer. Tous ces citadins avaient l'habitude de vivre enfermés, mais depuis quelques jours ils étaient exposés à cette multiple réflexion du soleil. Alors ce matin-là, tous les hommes durent se faire appliquer de l'onguent de zinc sur le nez. La peau éclatait...

— Merci Madeleine... Ça fait mal en tabarnac...

— Fais attention à Céline... Il faut la vieillir encore un peu, aie pas peur. Dans le scénario, le temps est accéléré.

Céline regarda Jean-Pierre, constata qu'il avait encore vieilli depuis la veille et frissonna. Il se passait quelque chose de terrible, mais elle décida de souffrir en silence, de soutenir Jean-Pierre sans le lui dire, avec son âme seulement.

Debout à côté de sa caméra qu'il tenait comme un enfant, Roland examinait le visage de Jean-Pierre. Finalement il dit:

— Dis donc, pépé, tu grisonnes...

— Oui. À partir de maintenant vous allez être obligés de me respecter, répliqua Jean-Pierre en riant. Céline en eut froid dans le dos. Robert regardait la morue qu'il était allé acheter à la poissonnerie et qu'il transportait dans un seau d'eau froide. Car on allait tourner la scène dans laquelle Pierre pêchait un poisson pour nourrir le couple en voyage. La morue était le meilleur choix possible puisqu'elle se laisse capturer sans gigoter et qu'on ne pouvait faire autrement que de tourner avec un poisson mort.

Encore une journée calme, même au large. C'était incroyable.

— Scène 20, plan 1, prise 1, (clac!). Cadré, 3, 2, 1, action.

Réjean regardait le bout de la canne à pêche qu'il tenait avec naturel, puisqu'il avait l'habitude de pêcher. Au bout d'un moment il simula une secousse, cria: «Ça mord!», puis il sortit la belle morue de l'eau pour la donner à Jeanne en disant: «Tiens ma chérie, on va pouvoir manger...» Dans le même plan, Jeanne souriait, sortait le couteau à lame étroite et horriblement bien aiguisée, puis elle commençait à dépecer la morue.

Jean-Pierre avait observé Réjean avec la plus grande attention du monde, essayant de déceler les failles dans son jeu. Rien. Tout était naturel. «Au cinéma, les mâles n'ont pas besoin de jouer... Ils n'ont qu'à bander les muscles... Gabin ne jouait pas, il se plantait devant la caméra et c'était tout. On dirait que les hommes n'ont rien à exprimer, les pauvres étalons, alors qu'on demande aux femmes de se vider les tripes...»

— Parfait! Au suivant!

Alors Raynald dit:

— J'aimerais bien faire une autre prise, parce que j'ai un mauvais bruit dans le son.

— O.K. fit Jean-Pierre avec réticence, mais jusque-là Raynald avait été conciliant. On fit donc une autre prise mais cette fois Réjean laissa échapper la morue à l'eau... Par mesure d'économie, Robert n'en avait acheté qu'une. Or il y avait encore à tourner les gros plans de la préparation et de la cuisson... Il faudrait recommencer le lendemain... Jean-Pierre eut l'impression que la misère commençait à ressembler au fleuve.

Alors il demanda à grossir le ventre de Céline pour tourner la scène d'amour des futurs parents qui s'émeuvent devant la perspective de la naissance prochaine. Ce qui fut fait, mais vers trois heures de l'après-midi, le vent d'est souleva le radeau, puis la chaloupe, et des cris d'épouvante se perdirent sur l'immensité du fleuve... qui était sourd comme un rocher.

— Je le savais, dit Roland...

Il fallut mettre le radeau en marche pour rentrer au bercail, mais le vent soufflait de plus en plus fort, si bien que Roland faillit laisser échapper la caméra à l'eau. Les femmes se cramponnèrent aux hommes qui se cramponnèrent à la rampe du radeau. Personne n'ouvrait la bouche, car la peur les étouffait tous. Quand on approcha du rivage, Robert cria:

— Le Radeau de la Méduse est sauvé!

Et ils éclatèrent de rire.

Le soir, Jean-Pierre eut droit au même baiser du bout du doigt de Céline, à la même réponse du miroir qui confirmait son vieillissement graduel, à la même musique érotique venant de la chambre voisine.

Quelques jours plus tard, il s'aperçut que sa respiration devenait difficile, qu'il avait le souffle court. Pourtant, il n'était pas asthmatique! Le cœur...

Sur le radeau, ce matin-là, il y avait une personne de plus avec les membres de l'équipe: une jeune femme de vingt-cinq ans, fille-mère vivant sur le B.S. Elle tenait un jeune bébé dans ses bras, son enfant. Jean-Pierre lui avait offert vingt-cinq dollars par jour pendant quatre ou cinq jours pour filmer la délivrance de Jeanne, la maladie du bébé et sa mort... Mais il ne lui avait pas dit comment le bébé mourrait...

— Il va tomber malade, faire de la fièvre... Au cinéma, on triche, vous comprenez?

— Oui, oui, je le sais... J'aime ça, les vues...

Sur le radeau, cependant, elle était plus craintive que fière, surtout quand une vague imprévue souleva «le frêle esquif». Elle cria mais Jean-Pierre, qui faisait maintenant plus de cinquante ans, lui sourit en la retenant dans ses bras, très paternel. Et Roland, qui n'en pouvait plus de ce tournage insensé, pensa à part lui: «Risquer la mort pour soixante-quinze dollars, c'est vraiment le boute de la marde...»

Tout était calme. Pierre ramait pendant que Jeanne tricotait, pensive, absorbée par la perspective du grand événement qui approchait.

— Coupez! cria Jean-Pierre, puis il dit à Réjean:

— Il faut que tu regardes Céline tout en ramant. Toi aussi tu attends cet enfant avec amour... même si personnellement, tu détestes les enfants, ajouta-t-il en riant. En place! Point de départ pour la prise 2. La mère du poupon était folle de joie. Faire du cinéma, elle, une pauvre!

— 3, 2, 1, action!

Pierre donna un coup de rame et le bébé, effrayé par le bruit de la claquette, éclata en sanglots. Raynald leva les bras au ciel.

— C'est un bébé précoce, y pleure avant d'arriver au monde, dit Robert. Il y eut quelques rires, excepté de la part de Roland et Jean-Pierre qui avaient peur des scènes à venir. La fille-mère parla au poupon dans sa langue de singe, puis on recommença le plan sept ou huit fois avant d'obtenir ce que le metteur en scène voulait. Ensuite on plaça la caméra dans la chaloupe pour faire le gros plan de Jeanne qui s'arrêtait de tricoter en criant de douleur.

— Très bien, Céline! On dirait que t'as déjà été enceinte...

— Je l'ai déjà peut-être été, qu'est-ce que t'en sais?

Jean-Pierre la regarda, effrayé à l'idée qu'elle s'était peut-être fait avorter à cause de lui, sans l'avouer. Mais elle lui sourit avec un brin de leur vieille complicité, et il comprit qu'elle le taquinait.

Alors il la fit coucher sur le dos, dans le fond de la chaloupe, les genoux relevés, ne portant que sa culotte. Dans le scénario Jean-Pierre avait écrit que, mère pour la première fois, seule avec son mari en pleine mer, Jeanne vivait son accouchement avec une espèce de terreur rentrée. Tout devait se passer dans les yeux de Céline qui regardait Réjean avec douleur, effroi, espoir, amour, toute une salade de grands sentiments que seule une femme comme Céline pouvait rendre. Pierre, le pauvre mari, hébété devant «le mystère de la vie», s'affolait un peu, mais il finissait par «faire un homme de lui» et il recevait le bébé dans ses mains tremblantes puis il le glissait sur la poitrine de la jeune mère. Jean-Pierre avait eu le bon goût d'éviter le liquide amniotique, le placenta et le sang, toutes ces «cochonneries» inévitables qui accompagnent fatalement les naissances. Il était symboliquement réaliste dans sa façon de montrer ce qu'il ressentait, et Roland, qui avait un œil terriblement critique mais «classique», commençait à douter du résultat.

— C'est pas possible, Jean-Pierre!

— C'est ça que je veux!

— Quand même... Un bébé qui sort presque sec du ventre de sa mère...

Madeleine était du même avis et elle obtint de Jean-

Pierre la permission de mouiller au moins la tête et les épaules du bébé naissant avec une huile quelconque... du jus faiblement coloré... «le jus de l'intérieur...» Alors Jean-Pierre se demanda, devant les protestations de ses plus proches collaborateurs, s'il ne faisait pas fausse route. Depuis quelques jours, à mesure qu'il maigrissait, il était assailli de doutes terribles qui le tenaient éveillé jusqu'à une heure du matin, de sorte qu'il entendait Réjean et Madeleine aller jusqu'au bout de leur plaisir... puis recommencer!

Céline n'avait pas la poitrine très forte. Comment faire croire qu'elle mettait un enfant au monde? Madeleine suggéra de tricher en filmant la poitrine de la vraie mère en gros plan, mais cette dernière refusa de se déshabiller. D'ailleurs Jean-Pierre considérait que c'était un détail et Céline ne voulait pas céder sa place... Elle se massa les seins puis se pinça les mamelons pour les faire tuméfier... Une vraie pro, Céline!

— 3, 2, 1, action!

Le bébé hurla parce que Réjean lui faisait mal, et en plus il avait peur, maintenu entre les cuisses de la comédienne qui criait, gigotait, poussait, gémissait, hurlait qu'elle voulait mourir. Une fois de plus, il fallut recommencer parce que le bébé avait crié avant son expulsion du ventre maternel. Mais avant de refaire la prise, la fille-mère dut le calmer en le tenant dans ses bras, «bercée par la houle» sur le radeau. Et le temps passait...

Tous les membres de l'équipe aimaient encore Jean-Pierre, mais on commençait à se demander, car il y a toujours une usure de la patience, si on allait pouvoir le suivre jusqu'au bout dans son aventure. Il fallut organiser la chaîne pour régler le problème du bébé-pleureur. Réjean était placé entre la caméra et le fessier de Céline, Jean-Pierre entre Réjean et le bord de la chaloupe, et la mère sur le bord du radeau, tenant le poupon. La caméra étant en gros plan sur Céline, Jean-Pierre fit la claquette presque à voix basse:

— Scène 40, plan 12, prise 2, (clac!)... Action.

Céline, qui avait déjà assisté à des accouchements, se mit à jouer de toutes ses fibres la douloureuse délivrance de la vie qui, autrement, la ferait mourir. Elle était si criante de vérité que Roland eut les larmes aux yeux. Jean-Pierre la laissa aller jusqu'à l'épuisement de ses forces, puis il prit le bébé des mains de la fille-mère, si brusquement qu'il se mit à crier, et il le donna à Réjean qui lança, un sanglot dans la voix:

— Ça y est! Ça y est!, puis il le fit glisser, dégoulinant d'huile, sur le ventre de Jeanne sa bien-aimée. L'enfant prit le mamelon de Céline dans sa bouche et celle-ci, qui avait aux yeux des larmes d'actrice à ce moment-là, faillit pleurer pour de vrai en se souvenant de cette caresse que Jean-Pierre faisait si bien... autrefois.

— Coupez!

Du radeau, la fille tendit les bras pour qu'on lui rende son bébé, se penchant dangereusement, mais Robert la retint en lui entourant le ventre de son bras solide. Elle sentait la transpiration, comme lui, de sorte qu'il la trouva bien appétissante.

Le soir, il s'offrit à la reconduire, prenant le risque de lui faire un autre enfant...

On avait maintenant dix jours de retard sur le plan de travail, ce qui était normal, compte tenu du tournage en mer. Jean-Pierre maigrissait, parlait plus lentement, avait beaucoup de cheveux gris, mais cette transformation se faisait à vue d'œil et personne ne le plaisantait sur ce sujet. On le regardait en silence, impressionné par l'allure de «maître» qu'il avait maintenant. Pour l'équipe, il avait toujours été un ami, un copain de travail. Or il devenait graduellement un «monsieur».

Pour se débarrasser du bébé au plus vite, Jean-Pierre changea le scénario et le fit tomber malade dès le troisième jour de sa naissance. Mais c'était un bébé en santé. Pour le faire pleurer, il fallait le priver de manger... Cela faisait de la peine à la fille-mère qui le nourrissait au sein...

Maintenant il fallait faire deux heures de radeau chaque matin avant de pouvoir tourner, parce que les voyageurs étaient en route depuis longtemps, de sorte qu'on ne voyait plus les côtes, ni d'un bord ni de l'autre. Mais au milieu du fleuve, il y a souvent de la vague. Roland obligea Jean-Pierre à changer le découpage parce qu'il voulut mettre la caméra dans la chaloupe, étant donné que le radeau valsait comme un damné tisonné par le diable. Il s'en suivit une série de gros plans, champ \ contre-champ, qui fit peur à Jean-Pierre:

— On va nous accuser de faire de la télévision...

— C'est mieux de faire de la télévision que de filmer les nuages, répliqua Roland. Il fallait de la pluie pour la maladie du bébé, et il y en eut. Une trombe! Si bien que l'équipe dut retourner à terre tout de suite après avoir tourné la scène du bébé malade.

Mais ce furent deux autres heures sous la pluie, hommes, femmes et enfant secoués par les lames du vent d'est. Or malgré le sein de sa mère, le bébé pleura, pleura... à vous rendre fou... Jean-Pierre garda le silence, résigné, se demandant si «son» équipe allait pouvoir le suivre jusqu'au bout. Ce doute le travailla jusqu'au moment d'aborder, à Rimouski. Mais quand ils se trouvèrent sur la terre ferme, ses amis lui sourirent, et il sentit, lui aussi, une grande délivrance.

Ce soir-là, quand Céline toucha les lèvres de Jean-Pierre du bout de son doigt, il y avait une belle lueur dans ses yeux: elle savait qu'elle avait très bien joué la scène de l'accouchement.

— T'as été formidable dans l'enfantement...

— Merci... Tu vois, t'aurais dû me faire un enfant... Il me serait resté quelque chose de toi... pas seulement des souvenirs intangibles...

— Les souvenirs durent plus longtemps...

— Mais ils font plus mal...

C'est là qu'ils s'arrêtèrent, sentant tous les deux qu'ils s'engageaient sur une pente dangereuse. Il fallait garder toutes ses émotions, ou plutôt, toute sa capacité à fabriquer des émotions pour le tournage. Faible, fatigué, Jean-Pierre aurait eu besoin de rouler dans ses bras, mais il monta tout de suite à sa chambre, seul comme tous les soirs, devant sa glace qui continuait son histoire, chaque jour étant un petit chapitre qui s'ajoutait à celui de la veille.

On était au large et il pleuvait encore. Dans l'esprit bien meublé de Jean-Pierre, le fleuve était une vaste plaine semblable à celle de Waterloo. Madeleine avait teint le bébé en bleu et Jean-Pierre avait défendu à sa mère de lui donner le sein. Il pleurait depuis une heure. Évidemment, l'équipe avait maintenant les nerfs à vif.

Soudain, Céline fut prise d'un doute:

— Jean-Pierre, es-tu sûr qu'il faut... faire mourir le bébé?

— Oui...

Elle était tellement bouleversée qu'il faillit recommencer à douter lui aussi.

— C'est tellement atroce...

Il hésita un instant et dit d'un ton sec:

— C'est pas plus atroce qu'une bombe atomique sur une ville de cinquante mille habitants! Point de départ. En place.

La caméra était sur le radeau et par ses yeux on voyait, de profil, Jeanne assise à sa place habituelle, tenant le bébé qui pleurait dans ses bras, Pierre assis à l'autre bout de la chaloupe et la regardant, ne ramant plus parce qu'il était à bout.

— Action!

Pierre se leva en disant:

— Ça suffit... Il faut l'arrêter de souffrir.

— Qu'est-ce que tu veux dire, Pierre?

— Il va mourir, de toute façon...

Pierre s'approcha de la femme et de l'enfant, prit le petit, le regarda un moment puis amorça le mouvement de le lancer par-dessus son épaule.

— NON!

Jeanne devait se débattre et hurler, selon le scénario, mais Céline eut une inspiration formidable sur le moment: elle se ferma les yeux avec ses deux poings et retomba assise sur sa banquette mouillée.

— Coupez! Très bien, Céline...

Cependant, la mère du bébé ne tenait plus en place sur le radeau, se demandant comment ils allaient faire pour jeter son bébé à l'eau sans le noyer pour de vrai. Comme elle couchait avec Robert depuis trois jours, c'est lui qui se faisait harceler:

— Qu'est-ce qui va arriver?

— Inquiète-toi pas, ma chouette. On va le mettre à l'eau juste une minute...

— Y va prendre son coup de mort! L'eau est trop froide!
Alors le vieux pince-sans-rire dit:

— Pis? Je suis là pour t'en faire un autre...

Elle laissa échapper un vrai cri de mort et Jean-Pierre dit:

— Cesse de dire des conneries, Robert, maudite marde!

On plaça la caméra dans la chaloupe, derrière le dos de
Réjean, puis Jean-Pierre eut la bonne idée de placer la mère
de l'enfant derrière Réjean, à gauche de la caméra.

— Scène 40, plan 20, prise 1, (clac!).

Réjean recommença son mouvement, prenant le bébé des
mains de Céline, puis le levant, l'envoyant par-dessus son
épaule, de sorte qu'il sortit du cadre, et sa mère l'accueillit
dans ses bras avec la certitude de le «sauver des eaux», pendant que la caméra serrait sur Céline qui se bouchait les yeux
après avoir crié «NON!» une deuxième fois. Jean-Pierre resta
longtemps sur ce gros plan de Céline qui mourait de douleur.

On filma un objet qui tombait à l'eau, pour entendre le
«plouc» et voir les ondes s'élargir lentement. Fin de la vie de
l'enfant des voyageurs... Du beau travail.

Pour filmer la déprime de Jeanne qui suivait la mort de
son enfant, on évita d'aller au large. Afin d'écraser le
personnage, on éleva la caméra le plus haut possible sur le
radeau, de sorte qu'on ne pouvait pas voir la rive du fleuve.
De cette façon, Jean-Pierre gagna deux jours. Mais il n'avait
plus beaucoup d'argent pour la pension et le salaire de
l'équipe... Bientôt, il allait se cogner la tête sur le mur de la
pauvre réalité...

Jeanne avait retrouvé une espèce d'équilibre et le voyage
continuait relativement bien. Mais un orage s'en venait.
Pour le filmer, il fallut retourner au large. Ce fut le jour de la
grande chicane de ménage.

Car, maintenant que Pierre n'avait plus à se dépenser
pour remonter le moral de sa compagne, il était la proie du
remords: il avait tué son enfant de ses propres mains et la
culpabilité le rongeait. Il ramait tout en observant Jeanne
qui vaquait à ses affaires, sans trop s'occuper de lui, comme
cela se passe chez tous les couples ravalés par l'usure. Mais la
culpabilité fait pousser les dents. Pierre devint agressif.

Dans le scénario, il était écrit que Pierre pêchait une morue, la donnait à Jeanne qui commençait à la dépecer pour la faire cuire. Mais sans raison, il commençait à la chicaner, à l'engueuler, puis il s'attaquait à elle, lui arrachant le couteau des mains. Accidentellement, il lui coupait un doigt, s'arrêtait, s'effondrait et pleurait. Cet accident avait sur lui un effet thérapeutique.

La mer était plutôt agitée quand on arriva au large, ce qui fit plaisir à Jean-Pierre. Par contre, il y avait dans l'air, en plus de l'iode et du sel, une odeur d'inquiétude. On se préparait à tourner une scène extrêmement difficile. Sans l'avouer, tous les membres de l'équipe avaient peur, car Jean-Pierre avait l'air de plus en plus fatigué, et chacun se demandait, à part soi, s'il allait tenir le coup jusqu'au bout. Mais le jeune-vieux réalisateur avait des réserves d'énergie cachées, quelque part dans sa moelle épinière. Tassé sur lui-même, toujours calme, il dirigeait son monde sans gestes inutiles, sans cris, et parfois il obtenait ce qu'il voulait d'un seul regard.

— Robert, as-tu le couteau?

— Ben oui...

Alors on se rendit compte qu'on n'avait pas de couteau truqué, dont la lame s'enfonce dans le manche au moment de l'action, ce qui le rend absolument inoffensif. On avait refoulé la chose, d'abord parce qu'il n'y en avait pas à Rimouski, ensuite parce qu'on n'avait pas le temps d'aller en chercher un ailleurs. De plus, il fallait raccorder avec le couteau des scènes précédentes. La vérité, c'est qu'il eût fallu acheter un couteau truqué semblable au vrai, avant de quitter Montréal. Mais personne n'y avait pensé à temps. Alors on disait: «Où est le couteau?», et on le regardait en disant: «Merde! On n'a pas de couteau truqué...»

— C'est dangereux, dit Roland en regardant la fine lame d'acier.

— Réjean, es-tu capable de manipuler ça sans danger? demanda Jean-Pierre.

— T'inquiète pas. Si tu veux je me place le dos à la caméra et je tourne la lame vers moi. Comme ça, pas de danger.

— D'accord. Même si t'es complètement de dos à la caméra ça fait rien.

— Caméra prête, dit Roland.

— Attention, point de départ...

Mais Jean-Pierre lanternait, aspirait l'odeur de la mer... La chaloupe tanguait juste assez et il faisait sombre. La belle ambiance pour une querelle fatale.

— Scène 50, plan 1, prise 1, (clac!). Action...

On les voyait de profil. Pierre se leva, donna la morue à Jeanne, retourna s'asseoir, puis la chicane commença. Jean-Pierre se pourléchait les babines, tellement ses deux comédiens jouaient bien. Il allait faire une seule prise, il en était sûr. Vinrent les invectives, les gros mots, puis le pauvre homme se leva, marcha difficilement parce que la chaloupe tanguait, puis il arracha le couteau des mains de Jeanne et une lame subite souleva l'embarcation avec un claquement sinistre. Un grand cri déchira le désert gris du fleuve.

— JEAN-PIERRE!

— Coupez!

Madeleine avait son hémoglobine à la main, dans un joli petit pot, mais on n'en avait plus besoin. Le bout du doigt de Céline pendait... L'index... La phalangette... Le... Celui qu'elle posait tous les soirs sur les lèvres de Jean-Pierre...

Et là, sur ce radeau à la dérive, il se souvint des premiers mots qu'il lui avait dits, trois ans plus tôt:

— Montre-moi ta main... Tes doigts sont extraordinaires...

Jean-Pierre examinait toujours les mains des femmes qu'il rencontrait. Les beaux doigts, il les imaginait sur son corps... Or les doigts de Céline étaient d'un raffinement qui l'avait décidé à lui faire des propositions avant même de savoir ce qu'il y avait dans son cœur et dans sa tête.

Pendant une seconde ou deux, il y eut comme un arrêt du temps. Juste le temps d'admettre que l'impossible s'était produit. Puis Jean-Pierre sauta dans la chaloupe, se jeta sur Céline qui s'était repliée sur sa main pleine de sang, criant d'effroi plus que de douleur, parce que la mutilation faisait plus mal que la lame dans la chair.

— Robert, un bout de ficelle, vite!

Y avait-il de la ficelle sur ce radeau? Même pas! Alors Jean-Pierre défit un lacet de son soulier pour étrangler le doigt de Céline en criant:

— Vite! Préparez-vous à repartir. On va à l'hôpital de Rimouski!

On fit tout le trajet, chacun revivant les instants qui avaient précédés le moment fatal. Assis sur le radeau, Jean-Pierre fit appuyer Céline sur lui et l'aida à tenir son bras relevé pour empêcher la poussée du sang vers la plaie, tâchant ainsi de réduire la douleur autant que possible.

Il n'y eut pas de commentaires-commérages, dans le genre: «Si y avait pensé à...» Sans trop s'en rendre compte, on essayait de partager le fardeau avec Jean-Pierre. Tout le monde se sentait également triste.

La seule avec laquelle on ne pouvait pas partager, c'était Céline, évidemment.

À l'hôpital, on n'était pas équipé pour recoudre la phalangette, retenue seulement par un filet de peau.

— À Montréal, peut-être, mais c'est pas sûr... dit le médecin.

Il y eut alors un moment de silence insupportable. Puis Céline dit:

— Dépêchez-vous, docteur. Coupez le bout de peau et faites-moi un pansement... Jean-Pierre, je te donne mon doigt... puisque j'ai jamais pu te donner ma main...

Alors il sortit de la salle pour pleurer.

Jean-Pierre se renferma dans sa chambre, avec l'intention d'y rester au moins deux jours, mais au bout d'une heure il était incapable d'endurer ses quatre murs. Il sortit pour aller marcher le long du fleuve comme il le faisait tous les soirs, mais en mettant les pieds dehors il se cogna le nez sur un journaliste de Rimouski.

— C'est-y vrai que vous avez blessé votre actrice principale?

Jean-Pierre et sa petite équipe étaient partis de Montréal dans la discrétion la plus totale, puisque personne ne s'intéressait au «navet» qu'il se préparait à tourner. Une tempête de ragots éclata dans les journaux à potins, et à cause du nom de Jean-Pierre, même les quotidiens sérieux donnèrent la manchette à l'accident. Il faut dire que c'était l'été et que les événements étaient rares. Le film allait bénéficier de cette publicité mais Jean-Pierre s'en fût passé...

Le lendemain du jour maudit, il réunit son équipe à la pension. Il fallait faire le bilan et prendre une décision: le tournage se trouvait encore retardé à cause du doigt coupé. Or maintenant, Jean-Pierre avait juste assez d'argent pour nourrir son équipe pendant deux jours. Après, c'était le trou noir: pas de salaire pour personne, pas d'argent pour la pension.

— On a tout fait ça pour rien, dit Jean-Pierre. Il va falloir arrêter le tournage...

Céline dit:

— Excuse-moi mon vieux mais on ne tourne jamais pour rien. Ça fait un mois qu'on vit ensemble une aventure merveilleuse... Un tournage, c'est toujours un travail qui nous enrichit, qui nous grandit...

Tout le monde regarda son doigt enveloppé d'un pansement énorme. Elle attendit un moment, laissant le silence faire son travail au cœur des consciences, puis elle ajouta:

— Vous vous rendez compte que si on abandonne, j'aurai perdu un doigt pour rien? Parce que Réjean et moi, en plus, vous le savez sûrement, on travaille sans cachet, par amitié pour Jean-Pierre...

Alors une belle vague de «beaux sentiments» monta du fond de ces âmes généreuses, et tous ceux qui touchaient un salaire mirent de l'argent sur la table pour payer la pension.

— Merci, dit Jean-Pierre, vous...

Il fut incapable de continuer... Décidément, ce métier n'était pas comme les autres: il pouvait inculquer le sens de la grandeur à des âmes apparemment ordinaires...

Deux jours plus tard, on s'embarquait de nouveau sur le radeau, presque joyeusement! Au moment où Robert prenait la main de Madeleine pour l'aider à soulever le poids de son joli corps, il lui dit:

— Au fond, t'es chanceuse... Le doigt de Céline raccorde tout naturellement, pas besoin de te casser la tête...

— Robert!

Elle protestait de toutes ses forces, mais au fond de ses yeux il put voir le sourire provoqué par son cynisme.

Au cours de la semaine qui suivit, on alla donc au large pour tourner l'avant-dernière partie du voyage, soit la fin de l'âge mûr, le commencement de la vieillesse des personnages, la paix revenue entre les deux amants qui acceptent de mourir ensemble après avoir souffert et vieilli ensemble. En «petite vieille» de soixante-cinq ans, Céline était belle et très émouvante. Après chaque prise, Jean-Pierre, qui commençait à lui ressembler (!), s'approchait d'elle, la prenait doucement dans ses bras, lui communiquait sa satisfaction par un sourire et une pression des mains.

Sur le fleuve qui s'étalait comme une mer primitive, là où on ne sent pas le courant vous emporter vers l'océan, il y avait quelque chose d'invisible qui montait vers le ciel, là où les hommes ont rassemblé toutes les divinités depuis des millénaires. C'étaient des vagues d'émotion, d'amour, qui sortaient de ces quelques poitrines affamées de noblesse.

La propriétaire de la pension, madame Dionne, qui avait laissé entrer ce «monde-là» chez elle par nécessité, croyant que les gens de cinéma vivaient tous comme des débauchés, était maintenant amoureuse de cette petite famille qui avait pris goût à sa fricassée au porc et à sa gentillesse. Elle leur fit cadeau des trois derniers jours de pension. La pauvreté de l'équipe était évidente...

Puis ce fut le dernier soir à Rimouski. Depuis plusieurs jours Jean-Pierre ne se regardait plus dans la glace avant de se coucher, sachant très bien ce qu'il y verrait. Maintenant, il se contentait d'écouter sa respiration lente, d'observer ses mouvements, de noter les efforts qu'il devait faire. Tout lui était devenu difficile.

Comme tous les soirs, Réjean alla rejoindre Madeleine pour la nuit, et il les entendit parler d'avenir. Le tournage tirait à sa fin. Est-ce que leur liaison allait se terminer avec le dernier tour de manivelle?

— On va se retrouver à Montréal bientôt, dit Madeleine. Qu'est-ce qu'on va faire?

— Je t'aime...

— Moi aussi... Tu veux qu'on vive ensemble?

— Oui.

«Grandeur et banalité!», pensa Jean-Pierre qui se laissa glisser entre ses draps, heureux du bonheur et du plaisir qu'il y avait entre les sept piliers du firmament.

Pour tourner la dernière scène du film, il fallait traverser sur la rive nord du fleuve. Mais on n'avait plus les moyens de louer un camion pour transporter la chaloupe et le radeau, qui étaient absolument nécessaires. C'était l'impasse. Jean-Pierre s'épuisait à chercher une solution mais il n'en trouvait pas. Alors Robert dit:

— Cassez-vous pas la tête. J'vais les traverser, moi, tout seul.

— Es-tu fou! C'est trop dangereux! Un accident, c'est assez!

On passa une partie de la journée à discuter, pendant que Jean-Pierre était allé en ville pour essayer de trouver de l'argent. Mais il revint bredouille.

Le lendemain, Robert se leva à l'aube et regarda par la fenêtre: une mer d'huile! Il disparut. Quand Jean-Pierre se leva, madame Dionne lui apprit que Robert était parti, qu'il les attendait quelque part, à l'est de Forestville. Car en tournant au large, Jean-Pierre avait vu le «mur de Forestville». C'était là qu'il voulait faire aborder ses deux personnages, plutôt qu'à Baie-Comeau, comme il l'avait d'abord écrit dans son scénario. À Forestville, la rive nord est un mur de plusieurs kilomètres de long, haut d'une centaine de mètres, très escarpé. Un phénomène de la nature! C'est sur ce mur de granit que Pierre et Jeanne allaient venir se cogner le nez à la fin de leur voyage-vie. Le symbole était plus évident, plus prenant.

Roland tâcha de calmer Jean-Pierre qui était malade de peur, puis ils partirent en voiture pour Rivière-du-Loup, où ils s'embarquèrent sur le traversier qui les emmena à Saint-Siméon, sur la rive nord.

— Tu vois, dit Roland quand ils furent au large, le fleuve est aussi calme que ce matin.

On était au début du mois d'août, au moment où la mer se repose avant le déclenchement des «grandes manœuvres» que sont les marées d'automne, ces secousses folles dont la nature a besoin pour se prouver à elle-même qu'elle est encore plus puissante que les machines inventées par les hommes.

Au soleil couchant, ils retrouvèrent leur machiniste sur son radeau, amarré à un tout petit quai, cinq kilomètres à l'est de Forestville. Robert dormait, le visage imprégné de paix...

On tourna l'avant-dernière scène. Les deux vieux faisaient le bilan de leur vie sur la mer calme: ils s'aimaient et s'acceptaient réciproquement, un peu comme on le fait le jour du mariage... mais sans réfléchir, à ce moment-là... Puis ils se levaient tous les deux pour regarder la rive du fleuve, leur point d'arrivée. Alors ils s'embrassaient, et on voyait le doigt coupé de Céline sur l'épaule de Réjean.

— Coupez! Parfait...

Mais pour la scène finale on avait besoin d'une tempête... une tempête qui ne venait pas. Il fallut attendre cinq jours, pendant lesquels on mangea maigrement en utilisant la carte de crédit de Jean-Pierre.

Enfin le vent d'est, avec la pluie! Une merveille! À leur fenêtre, les villageois éberlués virent une bande de fous courir sous la pluie et se précipiter vers le fleuve, secoués par les bourrasques de vent.

Tourner cette scène fut un véritable cauchemar, puisque la réalité dépassait la fiction. La caméra était sur la rive et Roland cadrait avec le devant de la chaloupe, dont l'arrière était attaché à une corde que Robert tenait de toutes ses forces. A l'avant, Céline et Réjean s'agrippaient de leur mieux au rebord, recevant l'une derrière l'autre les giclées d'eau froide et salée qui les frappaient en pleine figure après s'être brisées. Quand il le pouvait, Réjean levait les bras au ciel, hurlant au secours. Mais parfois le vent bousculait Robert qui entrait dans le cadre. Il fallait recommencer la prise. La chaloupe devait se remplir d'eau puis s'enfoncer graduellement dans le fleuve. Il y avait de l'eau qui embarquait mais la chaloupe était trop bien faite pour couler comme ça. Jean-Pierre dit:

— Robert, fais un trou dans le fond de la chaloupe...

— Avec mes mains, patron?

Au village, il trouva une vieille hache avec laquelle il se mit à cogner dans la tôle, heureux comme enfant qui se défait d'un jouet dont il ne veut plus. Casser la chaloupe, c'était bien le signe que le tournage était pratiquement fini...

Trempés jusqu'à l'os, comme tous les membres de l'équipe, Réjean et Céline embarquèrent de nouveau. Une bourrasque emporta le cri de Jean-Pierre:

— Action!

Il dut leur faire signe de jouer. La chaloupe se mit à descendre dans l'eau. Affolés, les deux vieux se rendaient compte qu'ils coulaient, corps et biens, après cette longue traversée, après tous ces efforts. Et sur leur visage on pouvait lire leur incrédulité, leur effroi: «Est-ce là notre récompense, au bout de la route?» Mais il n'y avait que le vent et les vagues pour répondre à cette question, en les frappant au visage. Bientôt il n'y eut plus de chaloupe. Il ne restait que deux têtes et quatre bras qui s'agitaient désespérément avant de disparaître sous l'eau furieuse.

— Coupez! Vite, sortez-les de là! cria Jean-Pierre, car les deux comédiens, même s'ils savaient que le plan était fini dès qu'ils avaient disparu, n'osaient pas refaire surface de leur propre chef.

Robert et Madeleine se jetèrent dans l'eau jusqu'à la ceinture en criant comme des enfants:

— Houuououuuuu! C'est fini! C'est fini!

Ils sortirent de l'eau, transis, mais pleurant de joie et d'émotion. Or Jean-Pierre mit fin un peu rudement aux transports des «jeunes»:

— Ôtez-vous de là! Allez vous mettre à l'abri! On a encore un plan à faire!

Il voulait un plan de vagues qui s'enroulent avant de se briser par la crête en belle écume que le vent transporte. Ce plan n'était pas inscrit au scénario, personne ne savait ce qu'il voulait en faire, mais il y tenait comme à la prunelle de ses yeux.

— Ça va être vraiment le dernier, Roland...

— Ça roule...

— Tu veux l'ambiance? demanda Raynald.

— Deux tonnes d'ambiance, oui...

Ainsi, sur cette rive déserte, rébarbative, battue par la tempête, où pas un chien ne se fût aventuré, les trois hommes s'attardaient comme s'ils avaient voulu faire durer le plaisir. En effet, plus il avait été dur, plus ce tournage leur semblait cher, et ils ne se résignaient pas facilement à abandonner cette lutte qui était pour eux leur seule raison de vivre.

Il y eut quand même la séparation, le moment du départ, parce que c'était la fin. Ils avaient trouvé refuge dans une maison habitée par deux vieux dont les enfants étaient partis à la ville. Alors dans leur grande cuisine, ces gens qui ne connaissaient rien aux mœurs des «gars qui faisaient des vues», assistèrent à une scène invraisemblable.

— Bon... ben... On se reverra à Montréal, les gars... dit celui qui avait l'air d'être le chef. Puis il y eut un silence tellement chargé d'émotion que les deux vieux cessèrent de se bercer. Tous les membres de l'équipe regardaient Jean-Pierre qui les regardait l'un après l'autre, ouvrant la bouche mais seulement pour laisser voir un léger tremblement des lèvres. Il finit par dire, d'une voix à peine audible:

— Merci... Y a pas de champagne mais... merci, de tout mon cœur!

Il y eut alors un autre moment de silence, quelque chose qui ressemblait à une légère faille du temps. Dans cet espace dépourvu de nom, Céline s'approcha de Jean-Pierre, le regarda droit dans les yeux en le prenant par les épaules, puis elle lui dit:

— Je t'aime, Jean-Pierre... Je veux le dire devant toute l'équipe, qui t'aime elle aussi. Mais moi je t'aime comme si j'étais ta femme, ta vieille femme, même si je ne suis pas mariée avec toi. Je t'aime dans ta tête et dans ton âme, là où le vieillissement ne peut pas germer...

166

Puis elle posa son doigt mutilé sur sa bouche afin de porter le dernier baiser sur les lèvres de Jean-Pierre. Dans une vague d'émotion extraordinaire, ils embrassèrent tous Jean-Pierre, l'un après l'autre, même les hommes! Alors le vieux dit:

— Coudonc, la vieille, on a une bouteille de p'tit blanc, dans l'armoére. Sors-la donc. J'ai l'impression que ces gens-là ont queuq'chose à fêter...

Il n'y a pas de désert qui soit sans limites.

Le Seuil

Marielle était furieuse. Parti environ deux mois plus tôt, Jean-Pierre l'avait laissée sans nouvelles depuis le moment où elle l'avait embrassé en lui souhaitant bonne chance, après lui avoir dit qu'elle l'aimait. Tout ce qu'elle savait, c'est qu'il était à Rimouski. Après avoir trouvé la pension qui avait hébergé l'équipe, Jean-Pierre n'avait pas pensé à téléphoner à sa femme pour lui dire où il se trouvait et comment elle pouvait le joindre en cas de besoin. Le «réalisateur» était tout entier à son œuvre!

Quand le mini-scandale du doigt coupé avait éclaté, elle avait lu la même chose que tout le monde dans les journaux. Pendant quelques heures elle s'était répété: «Il va m'appeler... Il va m'appeler...» Un peu comme une adolescente qui vient de rencontrer l'homme de sa vie, elle s'était mise à espérer la sonnerie du téléphone. En vain! Pour la dixième fois elle avait téléphoné à Rimouski, à tout hasard, dans différents motels. Mais Jean-Pierre ne s'y trouvait jamais. Alors elle se disait que ce n'était plus de l'égocentrisme, ni de l'égoïsme, mais de la muflerie. Parfaitement! Car depuis le jour où elle avait essayé de le tromper avec le «jeune homme» sans y parvenir, elle n'existait plus que pour lui, l'attendant en silence, toujours incapable de prendre son plaisir ailleurs. En effet, elle avait découvert à ce moment-là qu'elle l'aimait d'une façon qui transcendait tout au monde. Prisonnière, elle se consumait dans la cellule de son amour, comme une nonne qui s'est donnée à celui qui parle d'amour mais qui ne baise pas...

Il était huit heures du soir. Marielle relisait un plaidoyer qu'elle devait faire le lendemain quand la sonnerie de la porte la fit sursauter. Elle n'attendait personne. Elle ouvrit et vit un homme âgé qu'elle ne connaissait pas. L'homme dit:

— Bonsoir Marielle...

Deux secondes de silence, pendant lesquelles on a l'impression que le cœur pompe à rebours, puis un cri:

— Jean-Pierre!

— Oui, c'est moi... qu'est-ce que t'as?

Deux mois plus tôt, Marielle avait vu partir un homme d'âge mûr, mais maintenant elle avait l'impression de voir un «p'tit vieux» lui revenir.

— Jean-Pierre... Jean-Pierre...

Toute sa colère était tombée, et elle répétait son nom avec une teinte de détresse dans la voix, un peu comme une plainte de petite bête abandonnée par sa mère. En riant doucement, il répéta:

— Oui, c'est moi... Ça va pas?

— Entre...

Mais il restait là à la regarder, ne sachant plus s'il devait franchir le seuil de cette porte. Comme si, au-delà de ce Rubicon invisible, se trouvait un monde inconnu de lui. Le monde normal... Le monde de tout le monde, c'est-à-dire un monde qui n'était plus le sien. Inconsciemment, il avait peur. Comme si le seuil de cette porte avait été une étape cruciale de sa vie.

— Entre, Jean-Pierre...

— Tu le veux vraiment?

— Fais pas l'idiot, bonyeu!

Elle était sur le point de se fâcher, mais le gonflement de sa voix lui fit peur à elle-même. Alors elle le prit doucement par la main pour l'attirer vers l'intérieur, dans son monde, puis elle le pressa contre sa poitrine en travaillant de toutes ses forces à contenir le flot de ses émotions.

— Qu'est-ce que tu sens?

— J'en sais rien mais je dois puer un peu...

C'était l'odeur du travail, de la fatigue, de la mer et des chambres minables dans lesquelles il avait passé ses cinquante dernières nuits.

— Tu veux que je te fasse couler un bain?

— Je peux faire ça moi-même...

— Laisse-moi te gâter un peu, gros bêta...

Ils rirent tous les deux, doucement, à cause de la chose merveilleuse qui les unissait, mais qui n'avait pas de nom.

— As-tu faim?

— J'ai pas mangé de la journée.

— Pourquoi?

— Pas d'argent, pis ma carte de crédit est dans le rouge.

En jouant avec les robinets de la baignoire, Marielle eut un hérissement, comme si on lui avait passé une feuille de papier sablé sur une fesse: l'argent! Encore ce problème idiot...

Curieuse, elle le regarda se déshabiller, pour voir jusqu'à quel point il était décharné, observant aussi ses mouvements, qui étaient lents. Une catastrophe! L'homme qu'elle aimait, le seul qu'il lui restait au monde, s'était tué au travail.

Elle s'en alla dans la cuisine pour lui préparer un bon repas avec tout ce qu'elle put trouver dans le frigo. Quand il vint s'asseoir à table, elle lui demanda:

— Comment ç'a été, le tournage?

Jean-Pierre laissa échapper une espèce de grognement, grimaça, puis il dit:

— C'est fait... Mais je te l'ai déjà dit, un tournage c'est comme les moments drôles d'un voyage, ça se raconte pas à ceux qui faisaient pas partie du groupe...

Marielle savait tout cela par cœur, mais elle était jalouse de tous ces moments particuliers, des petits détails qui font le charme d'une journée de travail difficile. Elle aurait voulu être associée à lui, même de loin, à l'aventure qu'il avait vécue avec son équipe, mais Jean-Pierre voulait tout garder pour lui, comme d'habitude. Une vague d'amertume monta en elle, mais cette vague s'éloigna lentement, seule, laissant la mer calme derrière elle. Jean-Pierre était devenu intouchable... Il se contenta de dire:

— Une chose est certaine, ç'a été un vrai cauchemar... Mais c'est fini... J'ai réussi, malgré tout... grâce à une équipe formidable. Je suis content...

Au moins, il reconnaissait l'importance de son équipe! Égocentrique, mais pas infatué... Honnête...

— Es-tu contente de ton condo?

— Oui... Toi, tu vas peut-être pas aimer ça beaucoup, évidemment, mais je pouvais pas faire autrement, tu le sais...

Jean-Pierre détestait ce genre de cage impersonnelle, mais il était mal placé pour faire la fine gueule, étant donné que tout avait été sacrifié pour qu'il puisse faire son film.

— Et les enfants?

Marielle sourit avec une espèce de bonhomie. Il pensait aux enfants seulement deux heures après son arrivée!

— Ils sont dans un camp de vacances...

— Très bien... T'es une femme extraordinaire, Marielle... Sans toi, j'aurais raté ma vie...

— Quand même, exagère pas...

— C'est la vérité, la vérité toute nue, toute simple... Merci.

Alors, comme si tous ses devoirs avaient été faits, il souhaita se coucher. Il se laissa couler dans le bien-être que procurent les draps familiers avec l'abandon de l'enfant qui tombe dans les bras de sa mère. Il s'endormit en posant la tête sur l'oreiller. S'étant allongée près de lui, Marielle passa une partie de la nuit à écouter sa respiration difficile. L'homme qu'elle aimait était un être brisé, cassé, usé comme une vieille charrue qui a trop labouré...

Le lendemain matin, avant de partir pour le tribunal, elle mit ses «gants blancs» pour aborder la question du médecin:

— Jean-Pierre... as-tu pensé que tu devrais peut-être te faire examiner? Il me semble que t'as beaucoup maigri...

Jean-Pierre savait très bien ce qui se passait mais il décida de jouer la surprise:

— Me faire examiner! Es-tu malade? Les médecins vont me faire mourir... Je suis très bien.

— Oui mais, il me semble que...

— Marielle, j'ai pas le temps de m'amuser à ces niaiseries-là. Laisse-moi tranquille...

Elle alla plaider la cause de son jeune délinquant en bonne santé tandis que Jean-Pierre débouchait dans le bureau de Léopold Richer, le propriétaire du laboratoire avec qui il s'était entendu pour le montage et le développement du film.

— Ça y est, Léopold! J'ai fini le tournage! Tu te rends compte? J'ai réussi!

Dans son enthousiasme, il ne voyait pas l'apathie de Léopold et demandait une salle de montage, parlait d'un échéancier serré, parce qu'il voulait la sortie du film à la fin de septembre. Léopold commença par dire que toutes ses salles de montage étaient prises.

— Oui mais on s'était entendu à peu près pour cette date-ci!

— Je le sais mais j'ai eu des commandes plus... payantes... Mets-toi à ma place...

Évidemment, l'entente était que les frais encourus par le laboratoire seraient payés avec les profits du film à sa sortie...

— Quand est-ce qu'on va pouvoir faire le montage?

— Je le sais pas...

Assommé, Jean-Pierre alla s'asseoir sur un quai, dans le vieux port. Là, il cracha dans l'eau sale pendant une bonne heure. Puis il rentra chez lui, c'est-à-dire chez sa femme, où il se mit au lit pour réfléchir.

Le lendemain, il retourna voir Léopold qui finit par cracher le morceau: il ne marchait plus, Léopold, parce qu'il avait visionné les rushes... Il n'y croyait plus! Il avait la conviction que le film resterait deux jours à l'affiche, pas plus, de sorte qu'il ne retrouverait jamais l'argent qu'il avait déjà dépensé. Alors inutile d'ajouter au fiasco.

— Tu m'avais promis!

— Désolé, j'ai fait tout ce que j'ai pu pour t'aider...

De nouveau le vieux port, de nouveau le lit et la tendance au découragement. «À quoi ça sert?» Mais il se releva en criant:

— Non! J'ai pas tout fait ça pour rien!

Il alla trouver Gérard, le distributeur qui avait exploité son dernier film avec succès.

— Jean-Pierre! J'avais justement envie de t'appeler! Je suis content de te voir! Comment ça va?

— Ça va... Au moins, j'ai fini mon tournage...

Gérard était déjà au courant de la situation de Jean-Pierre, car ce milieu est fait de paille tressée, mais il avait un plan, une idée de publicité pour lancer le film.

— Est-ce que je peux visionner la scène dans laquelle Céline se fait couper un doigt?

Jean-Pierre sentit la lame de la honte lui traverser les chairs.

— C'est dans le stock... Pourquoi?

— Laisse faire...

Comme Léopold n'était plus dans le coup, de toute façon, Gérard envoya un courrier chercher toutes les bobines. Jean-Pierre en installa une sur la table de montage. Toute l'horreur de cette journée apparut sur le petit écran. Quand vint le moment fatal, Gérard prit la manette de contrôle, la mit à la renverse, puis vers l'avant mais au ralenti. Les deux personnages devinrent flous, le son passa au grave, et tout à coup Gérard stoppa la machine en criant:

— Regarde ça! Génial! Génial! Je peux vendre ton film rien qu'avec ce cadre-là!

Incapable de dire un mot, la gorge serrée, Jean-Pierre regardait le visage de Céline au moment où Réjean lui tranchait le doigt accidentellement. C'était d'une beauté impossible à définir, quelque chose qui vous pénétrait au ventre pour ensuite vous projeter vers le haut, vers la lumière.

— Christ qu'elle est belle! répétait Gérard. Jean-Pierre finit par dire:

— Tu prendrais ça pour faire la promotion?

— Oui. Seulement cette image-là, et c'est gagné!

— C'est à cette condition seulement que tu distribuerais mon film?

— Oui. Montage, développement, laboratoire, tout à mes frais, rien qu'avec cette image-là.

Aux yeux de Jean-Pierre c'était une putasserie. Du faux cinéma puisque la caméra filmait un accident...

— Il faut que j'en parle à Céline, dit Jean-Pierre. C'est trop délicat...

— Évidemment! Parle-lui en au plus vite!

La mort dans l'âme, Jean-Pierre se retrouva dans l'appartement minable où il avait fait l'amour pour la dernière fois de sa vie.

Intriguée, Céline le fit asseoir sur le divan, mais elle prit place dans le fauteuil élimé qui lui faisait face, les jambes repliées sous une grande jupe légère qui laissait les cuisses et les fesses en liberté, donnant ainsi l'impression de lancer des appels...

Au téléphone, Jean-Pierre n'avait pas voulu lui dire le but de sa visite, si bien qu'elle imaginait toutes sortes de choses, comme par exemple une catastrophe: une partie de la pellicule gâchée par un accident quelconque.

— Vite, dis-moi ce que c'est!

Il résuma la situation rapidement. Céline l'écouta, les yeux rivés sur son visage marqué par l'usure, bouleversée par ce changement si rapide, ne comprenant pas ce qui lui arrivait. Et en conclusion:

— Ce qui fait que, pour que je puisse faire le montage du film et avoir droit à la distribution, il faut accepter que la photo de l'accident serve à la promotion. J'ai pensé que tu avais un droit de regard là-dessus.

— C'est tout!

— Ben...

— Jean-Pierre, tu es trop délicat pour faire ce métier. Tu vas te faire manger tout rond... Tu sais que je t'aime, je te l'ai dit devant toute l'équipe... Je t'aime, je t'appartiens, comme si j'étais ta femme. Le film qu'on a fait ensemble, c'est un acte d'amour pour toi... Je me suis donnée à toi en essayant d'incarner ce qui était sorti de ton cœur. Tout ce qu'il y a sur la pellicule, tu peux en faire ce que tu veux...

— Merci...

Il sentit qu'il était inutile d'ouvrir le robinet aux effusions. Comme il n'y avait plus rien à dire, il se leva.

— Par contre, Jean-Pierre, il y a une chose que je voudrais te demander, moi.

— Tout ce que tu voudras!

— Va voir un médecin, je t'en supplie!

Le visage de Jean-Pierre tomba. Puis il eut son petit sourire de jeune-vieux qui voudrait encore séduire:

— Céline, c'est vrai que tu m'aimes comme si tu étais ma femme!

Il sortit après avoir effleuré son front du bout des lèvres, l'abandonnant à son inquiétude et à son amour sacrifié.

Le découpage technique existait, bien sûr, mais il était bourré de notes, de dessins et de renvois, parce que Jean-Pierre avait dû changer des tas de choses en cours de tournage. La monteuse eût été incapable de s'y retrouver toute seule. Comme il n'avait rien d'autre à faire, Jean-Pierre s'assit à côté de Janine, qui avait de grands yeux, une bouche lippue, un visage d'une douceur extraordinaire, et il dirigea son travail tout en ayant l'air de l'assister.

Souvent, voyant un plan pour la première fois, Janine s'arrêtait, se tournait vers lui, toute vibrante, secouant la tête comme une mère qui regarde son «enfant impossible», puis elle disait:

— Jean-Pierre, t'es fou... Merveilleusement fou...

Alors il souriait pendant une seconde, mais l'inquiétude le reprenait. Il avait réussi à tourner, les images étaient belles, mais ce n'était pas gagné pour autant. Il y avait quand même des problèmes. Par exemple, depuis quelques années, la mode était au découpage rapide, aux scènes courtes, à l'action. Or là, sur l'eau, avec deux personnages seulement, sans avoir le temps ni l'argent nécessaires pour multiplier les plans, les scènes s'allongeaient dangereusement. Source d'inquiétude pour Janine, source d'angoisse pour Jean-Pierre qui connaissait les modes dont le milieu est la victime... très consentante!

De temps en temps Gérard venait faire son petit tour, l'œil rivé, non pas sur l'écran de la table de montage où il y avait des images, mais sur une certaine date du calendrier.

— La première est fixée au 22 octobre, mes enfants. Il faut être prêt!

Il repartait vers son bureau où l'attendait un artiste quelconque du «monde des communications». Le poster de la promotion, tiré du cadre de la scène du doigt coupé, était prêt.

— Il m'en faut dix mille!

C'était une image merveilleuse, il faut bien l'avouer, et Gérard se frottait les mains en jouissant d'avance de l'effet qu'il allait créer, deux semaines avant la première.

Pendant ce temps, les «deux femmes» de Jean-Pierre se faisaient du mauvais sang en silence. Un jour, Marielle sentit qu'elle avait atteint un merveilleux degré de détachement concernant les choses de la chair. Alors elle téléphona à Céline pour lui parler de Jean-Pierre, de cette usure prématurée, de sa fatigue, etc., cherchant à savoir si la «jeune femme» avait vu la même chose qu'elle, et «comment ça se fait c'est pas possible!» Mais Céline n'avait pas de réponse. Elle n'avait que des yeux, comme Marielle, et de l'inquiétude... Le même genre d'inquiétude, somme toute, étant donné que le mariage n'a rien à voir avec l'amour...

Au bout de dix minutes elles raccrochèrent, unies toutes les deux dans la même angoisse. Il n'y avait qu'une chose à faire, c'était de laisser Jean-Pierre avancer...

Comme il n'y avait pas beaucoup de plans, le montage allait relativement vite. Au bout de quelques semaines, on arriva à la dernière scène. Dans l'ordre, il y avait le plan où la chaloupe disparaît sous l'eau houleuse, un plan de grosses vagues, puis un dernier, la mer calme, qui a «l'air de sourire». Jean-Pierre demanda à Janine de sortir le plan des vagues et de le mettre sur une petite bobine, à part.

— Tu vas fignoler pendant deux ou trois jours, moi j'ai quelque chose à faire. D'accord?

— Avec ce plan-là?

— Oui. À bientôt.

Jean-Pierre avait quand même encore des amis. Par exemple Marcel, celui qui faisait la musique du film, était son copain depuis une vingtaine d'années. Ce dernier était équipé à l'électronique et pouvait, grâce à ses machines, donner l'illusion d'un orchestre symphonique à lui tout seul.

Une semaine plus tôt, il était allé le trouver pour lui demander de faire cette fameuse partie du quatrième mouvement de la *Neuvième Symphonie* qu'il appelait «la spirale», dans le temps de Marie-Hélène, la jeune vierge, son premier amour... Le travail était fait. Dans la version originale, les sopranos chantent: «Freude, schöner Götterfunken, Tochter aus Elysium...» Marcel, sans chanteurs, fit un «arrangement» où on entendait des «oh, oh, oh» qui sonnaient comme des voix de femmes.

— Bravo! Superbe, dit Jean-Pierre, qui n'avait pas besoin du texte. C'étaient le rythme et la courbe sonore qui comptaient.

Il prit cette bande sonore et alla trouver Mathieu, son ami qui était monteur de télévision. Ce dernier transféra la pellicule de film sur bande magnétique, puis, au moyen de ses gadgets électroniques, imprima aux vagues un mouvement circulaire qui collait parfaitement à la musique. Ainsi, le visuel se mariait à l'audio de façon absolue. Comme le sens de cette musique est maintenant entré dans la conscience de tout le monde, Jean-Pierre était convaincu que ses personnages prenaient la bonne direction, la seule, le chemin de l'éternité: la lumière, Dieu...

Janine trouva que c'était génial. Emportée par une vague d'enthousiasme incœrcible, elle embrassa Jean-Pierre sur les joues. Le montage était fini.

En sortant du studio, ce jour-là, Jean-Pierre eut l'impression de franchir un seuil, comme le soir où il était entré chez sa femme, à la fin du tournage. Dans sa tête, le mot «fin» commençait à prendre un sens particulier. Au cours de la nuit, il rêva qu'il roulait à moto sur le fleuve, en direction de Forestville. Puis il n'y eut plus de moto entre ses cuisses. Il volait... vers le mur de granit.

Le Cri

Un beau matin, les Montréalais se réveillèrent avec une image troublante sur tous leurs murs. C'était le fameux poster de Céline, tiré de la scène du doigt coupé. Il y en avait partout! Or on ne pouvait s'empêcher de le regarder, parce que l'œil de Céline, à ce moment-là, exprimait la douleur mais en même temps le don de soi le plus absolu.

Pendant une semaine, rien ne vint expliquer cette image, car elle était toute nue, c'est-à-dire, sans texte pour dire de quoi il s'agissait. Gérard avait un plan!!!

Trois jours avant la première, il y eut une conférence de presse, une seule et unique, pour les journalistes «de papier» et pour ceux dits «de l'électronique». Jean-Pierre, Céline et Réjean furent littéralement assaillis. Évidemment, il n'y en eut que pour la phalangette de Céline qui avait été jetée à la grande poubelle de l'hôpital de Rimouski. Jean-Pierre fut traité, avec un sourire mi-figue mi-raisin, de «bourreau d'actrice», ce qui fit sursauter Céline. Elle répondit à la place de son réalisateur, qui avait envie d'être ailleurs à ce moment-là. Car pour Jean-Pierre, la promotion était devenue une corvée insupportable. Son travail était fait. Il ne lui restait plus qu'à attendre la réaction du public. Mais il fallait bien aider Gérard, qui l'avait sauvé des eaux...

Il y eut un jeune animateur de radio qui ne voulait pas

croire à l'histoire du doigt coupé. Céline alla le lui mettre sous le nez. Mais il répliqua:

— Qui me dit que vous n'avez pas eu un accident avant le tournage?

Il ne restait plus qu'à rire. Finalement, cette affaire de doigt coupé passait mal pour Jean-Pierre, que l'on accusait, tacitement, de négligence, d'imprudence. Une erreur de jugement, un manque de métier...

L'autre grand sujet d'étonnement, c'était le tournage en noir et blanc, chose qu'on n'avait pas vue depuis au moins trente ans.

— Est-ce que vous avez voulu être original? demanda une jeune journaliste qui se sentait intrépide, car on lui avait enseigné que dans ce métier, l'avenir est aux audacieux.

— Il me semble que j'ai dépassé la phase anale de mon développement psychologique, répondit froidement Jean-Pierre. D'ailleurs je n'ai jamais eu envie d'être original. Je suis ce que je suis, un point, c'est tout. Et pour être plus précis, la seule raison pour laquelle mon film est en noir et blanc c'est parce que je n'avais pas d'argent pour m'offrir la pellicule couleur.

La décence l'empêcha de tout révéler: la vente de sa maison, ses problèmes familiaux, etc. Mais il pouvait parler de l'équipe, de sa générosité et il le fit avec chaleur. Pour finir, il annonça qu'il avait une déclaration à faire, ce qui fit cesser le bruit des glaçons dans les verres.

— Je voudrais rendre un hommage particulier à Réjean et à Céline, les deux vedettes du film... Ils ont travaillé avec acharnement, mais surtout avec talent... Ça, c'est un peu normal. Ce qui l'est moins, c'est qu'ils ont accepté de tourner sans cachet parce que je n'avais pas d'argent pour les payer...

Le silence devint tangible. La gorge serrée, Jean-Pierre ajouta:

— Jamais, au cours de ma vie, je n'ai vu une preuve d'amitié aussi profonde, de la part de deux jeunes comédiens, surtout si on songe qu'ils vivent bien en deçà du seuil de la pauvreté.

Alors Céline s'approcha de Jean-Pierre, le prit par les

épaules et le regarda un long moment avant de l'embrasser. Or ce regard, il y eut un appareil de photo pour le capter.

Le lendemain, c'est cette image que l'on retrouva dans tous les journaux, en première page. Elle était comme la sublimation de ce que l'on pouvait ressentir en regardant le poster, un merveilleux mouvement de l'âme, une poussée vers l'infini. L'effet de cette photo sur le public fut extraordinaire!

— As-tu vu la photo de Céline Adam, la vedette de *La Roue Dentelée*? Fantastique! Une beauté rare! Faut aller voir le film!

À la fin d'août, la province avait été secouée par le Festival des Films du Monde, qui avait drainé un cortège assez imposant de vedettes internationales à Montréal. Pourtant, tout cela était oublié. Maintenant, l'événement, c'était le film de Céline Adam, la «mutilée du cinéma québécois»...

Jean-Pierre faisait de longues promenades, lentement (!), en songeant à la vanité, la fragilité, la futilité de tout cela. Et il se demandait s'il ne devrait pas laisser tomber ce métier de fou... «Pourquoi me faire chier à mourir pour une bande de...?» Il pensait à se recycler, mais savait-il faire autre chose que du cinéma? Hélas non... Alors, comme l'année précédente, il pensa à son père qui l'avait renié, le jour où il lui avait appris sa décision de se lancer dans cette carrière. Assis sur un banc public, la tête penchée, il eut un petit sourire affectueux en pensant à son pauvre père, qui maintenant était mort... Le temps des querelles était bien fini.

— Est-ce que je dois mettre ma robe longue? demanda Marielle en riant.

— Tu peux venir en jeans si tu veux, moi ça m'est égal...

C'était le soir de la première et Marielle sentait que son mari avait du mal à contrôler l'inquiétude qui le tiraillait sans cesse. Alors elle faisait des blagues, riait facilement, trop, au goût de Jean-Pierre qui avait une soif terrible de silence. Ce soir-là, il aurait voulu que toute la ville aille se coucher à huit heures, pour ne plus rien entendre. Tout ce qui parvenait à ses oreilles n'était que bruit, tintamarre de cannettes bosselées, rires vulgaires et flatulences libérés par des ventres tombants.

Il y avait des moments, comme celui-là, où la laideur du monde était accablante...

Dans le hall du cinéma qui était bondé de curieux, d'invités et de gens qui avaient acheté leur billet, Jean-Pierre et sa femme furent accueillis par un bataillon de caméras qui crachèrent leurs feux à répétition. Marielle souriait de son mieux, accrochée au bras du metteur en scène, à qui elle avait dû acheter un costume pour la première... Il n'avait plus un sou en poche depuis longtemps.

Puis ils furent tous les deux devant Céline et Réjean qui les attendaient pour faire leur entrée dans la salle. Sans aucune hésitation, Céline tendit la main à Marielle qui la prit et sentit l'absence de phalangette mais surtout, l'étrange rugosité de la plaie déjà durcie. Un drôle de frisson lui parcourut l'échine. Plus tard, beaucoup plus tard, elle le définit comme «le frisson du sacrifice qu'elle n'avait pas eu l'occasion de faire pour l'homme qu'elle aimait.» Céline, elle, la «chanceuse», avait eu cela, ce don...

La salle était pleine à craquer. Dans la première rangée, au centre, il y avait le couple Réjean-Céline, puis Jean-Pierre-Marielle. De sorte que Jean-Pierre était assis entre sa femme et son ex-maîtresse. Mais Marielle, tout comme Céline d'ailleurs, avait d'autres sujets de préoccupation: comment la foule allait-elle réagir, et surtout, son mari allait-il enfin aller voir le médecin, maintenant que tout était fini?

Jean-Pierre avait obtenu une chose de Gérard, au moins une: pas de discours avant la projection. Avant, il n'y avait rien à dire. Après, ils diraient bien ce qu'ils voudraient...

Quand on fit le noir dans la salle il ferma les yeux, pour mieux voir les images qu'il connaissait par cœur. Il voulait aussi écouter la respiration du public, sentir ses réactions. Dès le premier plan il y eut un murmure admiratif. C'était beau. Et quand Céline lança son bouquet de mariée dans le fleuve, le bouquet en forme d'oiseau, il y eut un rire sympathique. Jean-Pierre eut la certitude que le public était avec lui, du moins au début. Restait à savoir s'il allait le garder jusqu'à la fin.

Céline amusa le public en frappant du plat de la main sur

son gros ventre de femme enceinte et fière de l'être. Quelques minutes plus tard ce fut l'émotion de la naissance. Réussie! Jean-Pierre soupira. Mais la maladie du bébé ne tardait pas à venir, car il fallait contracter le temps. Quand Réjean lança l'enfant par-dessus son épaule, il y eut un silence de mort dans la salle. Impossible de savoir si on acceptait ou non...

La fameuse scène s'en venait: Réjean se levait, avançait en engueulant Céline, la bousculait et... Le cri de vraie douleur poussé par la comédienne était soutenu et prolongé par la musique qui, à ce moment-là, s'apparentait à la voix humaine pour s'étirer comme une longue plainte. Douloureuse, la note accompagnait le mouvement de Céline qu'on avait ralenti au montage, soutenant tout le fondu enchaîné qui nous amenait au gros plan du pansement dans lequel était enveloppé le doigt de Céline... pour de vrai! Le public avala toute cette douleur avec son avidité de voyeur et son profond besoin de drame. Les yeux fermés, Jean-Pierre eut un petit sourire. Marielle lui pressa le bras. Il la regarda furtivement. Elle pleurait!

Il tourna la tête vers Céline. Celle-ci, souriante, posa son doigt amputé sur sa bouche et, rapidement, le porta aux lèvres de Jean-Pierre. Heureux, ce dernier referma les yeux. Fatigué, il avait hâte d'aller se coucher. Maintenant, il lui semblait que c'était gagné. Mais il fallait quand même aller jusqu'au bout. Impossible de quitter cette salle, cet enclos, malgré la chaleur qui l'accablait...

L'assistance poussa une espèce de gémissement de sympathie quand arriva le plan dans lequel on voyait la petite chaloupe se diriger vers l'énorme mur de pierre. Le public était dans l'embarcation! Puis ce fut la tempête, et la chaloupe s'enfonça dans la mer enragée, emportant avec elle les bras et les têtes de Céline et Réjean devenus vieux, jouant Pierre et Jeanne.

Vint alors le fameux plan des vagues et Jean-Pierre se leva en criant de toutes ses forces:

— NON!

Que se passait-il? Il avait travaillé comme un damné pour ajuster la musique de Beethoven au mouvement des vagues!

Or ce n'était pas cela qu'il entendait! Dans ses oreilles, il y avait plutôt ce vieux chant grégorien qu'il aimait tant:

IN PARADISUM DEDUCANT TE ANGELI...

Qui donc avait défait son travail? C'était la musique joyeuse de la *Neuvième Symphonie*, celle qui parlait de la montée au ciel qu'il avait accolée à ses images. Cette musique, il l'avait voulue en souvenir de Marie-Hélène qu'il aimait tant, qu'il tenait encore par la main...

Jean-Pierre croyait avoir crié mais en réalité il avait émis un petit vagissement de bébé. Il piquait du nez, plus ou moins retenu par Marielle et Céline qui l'avaient accroché, l'une par le bras droit, l'autre par le bras gauche. Ayant ressenti une terrible contraction à la poitrine, il avait voulu se lever. C'est alors qu'il avait entendu le beau passage de la messe de Requiem. «Que les anges te conduisent au paradis...» Quelques jours plus tôt, il avait pensé à ce texte latin: «In paradisum deducant...» Pourquoi ce «de», préfixe qui indique le mouvement de haut en bas, alors que dans toutes les mythologies le ciel était situé en haut? Il y avait une tricherie, quelque part... On l'avait trompé, comme celui qui avait trafiqué sa bande sonore! Et maintenant il roulait lentement, lentement, au ralenti, un ralenti comme il n'en avait jamais vu au cinéma. Il roulait dans une douceur merveilleuse, descendant sans arrêt, passant d'une zone d'ombre à une zone de lumière pâle, voguant sur les volutes de la musique grégorienne. Est-ce que ce n'était pas Marie-Hélène qui était là-bas, dans un rayon de lumière? Oui, c'était elle qui l'attendait!

Mais il roulait toujours, et il lui semblait qu'il n'y aurait jamais de fin à ce mouvement qui l'emportait vers le bas sans lui faire de mal, car il sentait, dans sa chair, qu'il n'aurait plus jamais besoin de lutter... Pour la première fois de sa vie, il connaissait le point suprême de la douceur...

Mais tout à coup, dans sa tête, il y eut une grande lumière de pleine lune, puis ce fut le noir du néant.

— Jean-Pierre!

Les deux femmes avaient hurlé d'une seule voix. Il gisait sur le plancher, inerte.

L'écran s'éteignit sur le mot FIN. Puis ce fut le noir aussi dans la salle. Le noir et plusieurs secondes de silence pendant lesquelles le public essayait de se ressaisir.

Soudain ce fut l'explosion. Un cri merveilleux, lancé par toute l'assistance qui se leva d'un bloc.

— BRAVO! BRAVO!

Un grand cri de triomphe! Mais il ne pouvait entendre ce cri, qui eût été sa seule récompense.

Fin

Autres ouvrages de Roger Fournier

Inutile et adorable, (roman) Cercle du Livre de France, Montréal, 1964.

À nous deux, (roman) Cercle du Livre de France, Montréal, 1965.

Les filles à Mounne, (nouvelles) Cercle du Livre de France, Montréal, 1966.

Le journal d'un jeune marié, (roman) Cercle du Livre de France, Montréal, 1967.

La voix, (roman) Cercle du Livre de France, Montréal, 1968.

L'innocence d'Isabelle, (roman) Cercle du Livre de France, Montréal, 1969.

Gilles Vigneault, mon ami, Éditions La Presse, Montréal, 1970.

La marche des grands cocus, (roman) Éditions de l'Homme, Montréal et Albin Michel, Paris, 1971.

Moi mon corps mon âme Montréal etc., (roman) Éditions de l'Homme, Montréal et Albin Michel, Paris, 1974.

Les cornes sacrées, (roman) Albin Michel, Paris, 1976. (Prix Louis-Barthou)

Le cercle des arènes, (roman) Albin Michel, Paris, 1982. (Prix France-Canada et Prix du Gouverneur général)

Les sirènes du Saint-Laurent, (récits) Éditions Primeur, Montréal, 1984.

Pour l'amour de Sawinne, (roman) Éditions Sand, Paris, et Libre Expression, Montréal, 1984.

Chair Satan, (roman) Les Éditions du Boréal, Montréal, 1989.

À paraître:

Le retour de Sawinne et l'amour dans la mort, (Entre cul et chemise).